「嬉しいです。初めて……一つになれて」
　マティアスのたくましい胸に頬を埋める。彼の心臓の音が激しいリズムを刻んでいて、それがとても愛おしかった。
「シアン……これからも、おまえは私のものだ」

悪《あく》役《やく》令《れい》息《そく》は白《しろ》豹《ひょう》王《おう》子《じ》の愛《あい》され花《はな》嫁《よめ》

BLゲーム世《せ》界《かい》に転《てん》生《せい》したら強《きょう》制《せい》ジョブチェンジで獣《けもの》使《つか》いになりました

森《もり》崎《さき》結《ゆ》月《づき》

ILLUSTRATION：北《きた》沢《ざわ》きょう

悪役令息は白豹王子の愛され花嫁
BLゲーム世界に転生したら強制ジョブチェンジで獣使いになりました

LYNX ROMANCE

CONTENTS

悪役令息は白豹王子の愛され花嫁

BLゲーム世界に転生したら強制ジョブチェンジで獣使いになりました

◇＊プロローグ

とある王宮の一室で、重鎮たちによる密談が交わされていた。

「シアン・グリエット……グラース侯爵の子息の君、ですか」

「侯爵の件は誠に残念にございますね。美しい青年にございました。件《くだん》の候補に上がっていたと思うのですが」

各々が神妙な表情を浮かべ、ため息をつく。

「我々のこの問題は、当面解決しそうにはありませんね」

「片や花嫁選びを渋っておられ、片や遊び放題しているようでは、一体いつになるか……」

「殿下は頑張《がんば》ってくださっておりますよ。しかし、過去の惨劇を考えると――」

「陛下も身体《からだ》を壊していらっしゃる。世継ぎの件は早々に取り組まねばならないだろう」

話題はどんどん膨《ふく》らんでいく。終わりのない出口を探すように。

「では、引き続き、選定につきましてはお任せください」

一つの影がその場から消える。

「今しがた、誰か——いたような」

影が消えた瞬間、その場の全員の記憶からもその存在は消えていた。

◇＊1　転生編

その日の朝は、奇妙な目覚め方だった。

自分がまるで自分でないような、霧の中で迷子になったか、雲の上にでも乗っているかのような、ふわふわと覚束《おぼつか》ない思考がいつまでも拭えない。

たとえるのなら『無』だ。

自分が何者なのかさえまったく判別できなかった。

（なぜ、僕はここにいるんだ？）

ふわふわ、ふわふわ、いつまでも微睡《まどろ》みから離れられない。

シアン・グリエットが自室のベッドの上でぼんやりしていると、三人のメイドがノックをして入ってくる。

「さあ、お支度いたしますよ」

そう言うやいなや、メイドがカーテンを開き、おもいきりよく窓が開け放たれた。

雲一つない空が姿を現し、どこからか、ふんわりと甘い香りが漂ってくる。

「お庭の薔薇《ばら》が見頃ですわ。これからのお茶会が楽しみですね」

さあこちらへと、問答無用で鏡の前に案内され、彼は自分の端整な顔立ちと対面する。

その姿は若き王子の肖像画と見間違うくらい、美しく気品が漂っていた。

やや幼さのある容貌でありながら、野心を感じさせる強い眼差《まなざ》しは、目上の者にも物怖《ものお》じしない度胸を感じさせる。彼は紛《まが》う方なき貴族の佇《たたず》まいをしていた。

しかし、彼は一人違和感を覚えていた。

(僕は、一体誰だ……?)

脳が混乱していた。いくら手を伸ばして霧を払おうとしても、その先が視《み》えない。

彼の紺碧《こんぺき》の瞳が、冬の海のようにどんよりと翳《かげ》を見せる間にも、丁寧に櫛《くし》を通されると、彼の髪はやがて淹《い》れたての紅茶のように艶やかに煌《きら》めく。

他人事のように眺めている間に、彼はメイドの手によって上質な衣装で着飾られていた。仕上げに首元のクラヴァットを丁寧に整え、最後に宝飾品の位置を定めたあと、虚《うつ》ろな様子の彼を不審に思ったらしいメイドが彼に問いかけた。

「どうなさいましたか？」

「この間、お庭でお怪我《けが》をされたときにやはり、どこか……」

メイドたちが心配そうに彼を見るが、彼には彼女たちの顔も名前もわからない。

しかし甲斐甲斐《かいがい》しく世話をしてくれる彼女たちに「君たちは誰だ」とは聞けなかった。

（そういえば、なんだか頭がずきずきするような……気がしないでもない）

「お医者様は大丈夫っておっしゃっていたもの。ただ緊張なさっているのでは？」

「あ、ああ」

返答に窮した末に、彼が言葉を発したのはただその一声だけ。その声色にも違和感を覚えた。

「まあまあ。でも、致し方ありませんわ。いよいよ叙勲の儀が控えているんですもの」

「おめでとうございます。シアン様」

『シアン』という名は自分のものらしい。それは理解した。だが、彼にはその名に覚えがなかった。

一体、自分の身に何が起こっているのだろうか――。

何かが頭の中の扉を激しくノックしている。無理矢理閉じ込めたものが一気に飛び出してきそうな勢いで迫ってくる。けれど、どうしても扉は頑《かたく》なに開こうとしない。

気持ち悪い。居心地が悪い。何一つ思い出せない。なんとか気合で記憶を引っ張り出そうとすれば、こめかみの辺りに強い痺《しび》れを感じ、『シアン』は、一日考えることを放棄した。

食欲がわかなかったが、朝食はパンに木苺《きいちご》のジャムをつけて紅茶を啜《すす》った。それからほどなくメイドが身支度を整えてくれ、時間を確認した。

「そろそろ出立ですね」

メイドが言うには、これから王宮で行われる社交の場へと赴く予定なのだとか。侯爵の後継として認められた証《あかし》として、子爵という爵位を授かる叙爵の儀が控えているらしい。

そんな予定はやっぱり知らない。

とりあえず、もう少し時間が経過すれば、このモヤモヤふわふわした感覚も落ち着くかもしれない。邸《やしき》の者以外の誰かに会えば、脳が刺激を受けて色々なことを思い出すかもしれない。そのことに『シアン』は期待した。

外には馬車を待たせている。外套《がいとう》を手にとり、外出しようとしていたときだった。来客を出迎えた家令が驚きの声を上げた。

何かと思って玄関の間へと行けば、複数の警察官が邸の中へと踏み込んできたのだ。

「これは一体、何事でしょうか」

戸惑う家令に構わず、警察は邸の中を見渡す。彼らの顔つきはまるで獲物を狙うハンターのようである。物々しい雰囲気に、邸の者たちは怯《おび》えていた。

「ここの主《あるじ》であるグラース侯爵が違法賭博の罪に問われている。我々警察はこれより邸の中を捜索することになった」

一人の警察官が厳しい声でそう言い、手元の令状を開示した。書状を見た家令の顔からは血の気が引いていく。

「まさか。それは事実なのですか」

「これから裏付け捜査をするところだ。違法賭博が事実であれば、爵位は剥奪、家は取り潰しになるだろう」

「そんな……私たちはどうなってしまうの」

家令やメイドたちがざわつく中、警官の一人が険しい表情を浮かべ、茫然《ぼうぜん》と佇んでいる『シアン』の前に立った。

「あなたは、侯爵のご子息のシアン・グリエットさんですね」

「いえ、僕は……」

言葉を詰まらせると、警官が訝《いぶか》しげに眉根を寄せた。どうやら怪しまれてしまったらしい。その有無を言わせない圧力が、『シアン』の瞳を泳がせる。

「余罪の追及のため、貴殿の身柄も預かることになりました。さあ、こちらへ。我々と一緒に来てもらいましょうか」

不意に、脳内に砂嵐のような残像が走った。

待て。おかしい。この場面、どこかで——見たことがある。

潜在意識的に『シアン』は、そう思った。なぜかはわからない。ただの直感かもしれない。

しかし今は悶々《もんもん》と考え込んでいる場合ではないらしい。このままでは『肉体』は警察に捕まり、投獄されてしまう可能性があるということだ。この『魂』がたとえ無実、だとしても――。

『シアン』は本能的に後ずさり、警察に囲まれることを拒否した。

「父が何をしたのかは知りませんが、僕には一切関係がない！　無実だ！」

気付けば、口を突いて出ていた。そんな自分の声の大きさに驚く。

さっきから『無』だったはずなのに、血液が沸騰したかのように身体は熱く、急激に喉が渇いて、心臓の音が騒がしくなっていく。

このままではダメだと、細胞までもがざわついている。命を守るための本能だろうか。脳が抗《あらが》え――と、指令を出している。

「抵抗するということは、何か疚《やま》しいことがあるからと見て、構わないですね？」

「本当に僕は知りません。それに、父親が侯爵なわけがないんです！」

とうとう頭がおかしくなったか、と警察は呆《あき》れたように鼻で笑う。

「この家に息子は一人だけ。シアンさん、あなた以外にはいないんですよ。さあ、早くこちらへ」

「嫌だ！」

助けてほしいと視線を彷徨《さまよ》わせる。しかしメイドたちは身を寄せ合い、ハンカチやエプロンを握りしめるだけ。家令は困惑した様子で立ち尽くすばかりだった。

「坊ちゃん、あんなに取り乱して。けれど、私たちには何もできませんわ」

「お可哀《かわい》そうに……」

同情する声が聞こえる中、『シアン』の耳に、悪意の混じった囁《ささや》きが届いた。

「――けれど、これまでのことを考えると、当然の報いかもしれませんわ」

当然の報いとは？

彼女たちに真偽を問う時間の猶予はなかった。

抵抗したのなら無理矢理連行もやむなしと見た警察が『シアン』を拘束する。突き出すようにして邸から出され、逃げられないよう両腕は縄で縛られてしまった。

「離せっ……離せったら」

僅かばかりの抵抗も、警察の容赦ない力技であっけなく封じ込められた。

『シアン』は唇を噛《か》んだ。

「疚しいことがないなら、大人しく従うことだ」

警察に両脇を担がれるようにして黒い馬車に押し込められれば、『シアン』はもう為《な》す術《すべ》もない。ほどなく馬車は動き出し、邸からどんどん遠ざかっていった。

（なんで、こんなことに。意味がわからない……）

『シアン』は縄を打たれた不自由な腕を動かしながら、馬車の窓から見える景色へと目をやった。距離があるだろうここからも、王城らしき立派な建物がはっきり見えた。その中央にある宮殿の姿にはなぜか見覚えがあって、胸の内側がキュッと甘く痺れた。しかし今はそれどころではない。

（頭が痛い……）

さっき激しく抵抗をしたときから、吐き気を催しそうになるほどに頭痛はどんどん酷《ひど》くなってくる。

『シアン』の整った顔が苦悶に歪《ゆが》む。

あの王宮で社交が行われ、グラース侯爵の息子である自分は、子爵という爵位を授かる好機に恵まれていたらしい。

しかし、事態は一変した。違法賭博の罪に問われたグラース侯爵は失脚し、息子である『シアン』も関与を疑われ、牢《ろう》に閉じ込められることになる。

何かが、おかしい――。

馬車から降ろされたあと、『シアン』は静かに違和感と戦っていた。

「中に入れ。ここで待っているんだ」

地下牢は金属の錆《さ》びた匂いがした。地下特有の湿り気を帯びたかび臭い空気が異様に居心地悪い。

牢の中に突き飛ばされた瞬間、『シアン』は何かに躓《つまず》いて扉の前で派手に転倒した。

すると、隣からゲラゲラと笑う声が響きわたった。

「お貴族様が、ざまぁないな」

どうやら嫌がらせに投石されたらしかった。

格子にしがみついて下卑た笑みを浮べていた囚人をキッと睨みつけると、

「おお怖い。ここでは地位も名誉もなんの役にも立たねぇ。おまえはこれから俺たちと一緒だ。仲良くやろうぜ」

ひぃひぃと下衆《げす》な笑い声が重なって響く。

「おまえたち静かにしろ！」

門番に注意され、いくらか静かになったようだが、『シアン』を嘲笑する声はまだ続いている。

鍵は厳重に閉められ、牢屋の中には布団が一組と厠《かわや》代わりの囲いだけ。

不格好に前のめりに倒れたせいで、肘と膝が派手に擦りむけた。

なぜ、こんなことに――。

怪我をした部分を押さえ、痛みに呻《うめ》いたその瞬間、さらなる苦悶が『シアン』に襲い掛かった。まるで鈍器で殴られたような激しい頭痛がやってきて、彼はその場で声も出せずにうずくまる。

「はぁ、……あぅう」

目の前が霞《かす》む。必死に痛みと格闘した。その激しい痛みはやがておさまってきたが、目の前はちかちかと明滅し、激しい眩暈《めまい》に見舞われる。

まるで世界から振り落とされるかのような勢いで回転していく景色に、『シアン』はぜいぜいと喘《あえ》ぎながら必死にその場に踏みとどまろうと歯を食いしばった。

次の瞬間、血管が千切れたのではないかと思うくらいの大きな脈動がし、背中から脳へと痺れが伝った。

それは、一種の閃《ひらめ》きにも似た、フラッシュバックだった。

見たことのある光景が、脳内の映写機に次々と光をあてられては通りすぎていく。やがて雲一つない青空のようにすっきりと整理され、忘れていた記憶が鮮明に浮かび上がってきた――。

「ああ……っ！」

『シアン』は違和感という呪縛から解き放たれた衝撃で、思わず声を上げた。

囚人たちは驚いたようにびくりと身を震わせ、その場にどよめきが走った。

「な、なんだ、こいつ……笑ってやがるぞ。狂っちまったのか？」

しかし『シアン』にはそんなことはもうどうでもよかった。

（ああ、思い出した……！　というか、思い出しかけていたんだ！）

やはり自分は侯爵の息子ではない。否、この『肉体』は侯爵の息子で間違いない。

ややこしいけれど、『魂』はまったくの別人。

とにかく、自分はシアン・グリエットではないのだ。

――遡ること一週間ほど前。

午後に開かれた伯爵の優雅なお茶会に参加し、よい気分で邸に戻ると、庭師が困った顔をしていた。

理由を尋ねると、落下しそうになっていた小鳥の巣を見つけたが、二進《にっち》も三進《さっち》もいかないというのだ。

『シアン』は快く巣を受け止める役目を申し出た。なんていうことのない一幕で終わるはずだった。

ところが、運悪く風の悪戯《いたずら》に遭い、庭師が乗る脚立がぐらついてしまった。あわや庭師の手元から母を待つ雛《ひな》が巣ごと落ちるというとき。もちろん、待機していた『シアン』は慌てて走った。死なせたら大変だ。それに見守っていた者たちだって後味が悪いだろう。

なんとか手を伸ばして受け止め、やった！　と、歓喜したのも束《つか》の間《ま》、「きゃあ、坊ちゃん！」というメイドたちの悲鳴が聞こえたときには、『シアン』は太い木の幹に正面から激突していたのだった。

あぁ、死ぬのは、僕の方だったか。雛が無事なら、よかった。最後に一つくらいはいいことができたようだ。

やけにあっさりと死を予感した途端、前世——転生前の記憶が走馬燈《そうまとう》のように蘇った。そして、そのときに『シアン』はとある人格を形成することになる。それは、前世の自分だった。

（——なんで、僕は、こんなところで、また死にそうになっているんだ⁉）

今の彼の見た目は確かにシアン・グリエットだ。しかし前世の記憶をしっかり引き継いでいた。

前世の彼は、日本《にほん》という国の牧島《まきしま》家の次男、牧島翔《しょう》——。彼は、貴族階級とは無縁のごく普通の一般家庭で育った。

一般家庭とはいえ、父は大手商社に勤めていたし、一つ上の兄は常に学年トップの秀才だった。文武両道の兄と少し要領の悪い弟。そんなふうに幼い頃からよく周りからは兄と比較ばかりされていた。

兄のことは尊敬していた。だからこれでも自分なりに兄に追いつこうと努力はしたつもりだ。それでも才能や運には見放された。二位か三位がせいぜいで、どうあがいても一番にはなれかった。

周りからは一位になれないことをネタにされた。ストレスで胃を壊して以来、首位争いに参戦するのはやめた。成績はどんどん落ちていった。

笑ってごまかして自分はこんなもんだよ、と道化師のように振る舞いながらも、劣等感が心の中でひしめきはじめていた。

一番になりたかったのは誰のためだったのだろう。父や母や兄に凄《すご》いなと褒められたかったのかもしれない。一番じゃなければならない理由はなかった。どんな順位でも何かを成し遂げた努力の成果を、ほんのちょっとでもいいから、ただ、彼は誰かに認めてもらいたかっただけだった。

やがて彼はいつ爆発してもおかしくない地雷を抱えることになった。そしてそのときはまもなくやってくることになる。

大学受験に失敗した彼は、とうとうこらえきれなくなり、想《おも》いを寄せていた友人に弱音を吐いた。慰めてくれた友人の厚意に甘えるうちに勘違いしてしまったのかもしれない。告白のタイミングを完全に見誤っていた。

友人は顔色を変え、おまえとはそういう関係にはなれない、と離れていった。マイノリティの恋愛観はすぐに友人の間で噂《うわさ》になった。ますます笑いものにされ、同級生の前に顔を出すことができなくなった。

いっそ、大学に落ちて正解だったかもしれない。入学なんかしてみろ。四年間ずっと言われ続けることになったかもしれないんだ。

そんなふうに思うことでなんとか自分の心を保っていた。

　ある日帰宅すると、どこからか噂を聞きつけた兄に怒鳴られた。おまえのせいでゲイ兄弟だと馬鹿《ばか》にされた。最悪だ、顔も見たくない、と絶縁を言い渡された。父の帰宅が怖くなった。兄と同じことを言うかもしれない。母にも知られるかもしれない。そうしたら、どれほど悲しませてしまうだろう。彼は追い詰められていた。こんな生産性のない自分には、もう誰も味方がいないのだと悲観した。

　その後、彼は家を飛び出した。荷物をまとめ、皆が寝静まっている夜に決行した。うしろは振り返らなかった。どんどん家から遠ざかっていく。十八年と数ヶ月過ごした日々をおもうと、罪悪感に似た悲しみが胸に溢《あふ》れた。

　しかしこの期に及んでも父や兄が引き戻してくれることを期待した自分はなんて馬鹿なのだろうと思う。その日も、翌日も、その次の日になっても、連絡は来なかったのだ。どうせあいつにはたいしたことなんかできやしないと思われているに違いなかった。

　しばらくカプセルホテルに寝泊りしていたが、腐っているうちに貯金はすぐに底を尽いた。

　すぐに家族のことが思い浮かんだ。しかし父と兄の自分を蔑む目が脳裏にこびりついたように離れない。このままおめおめと帰るわけにはいかない。彼は意地になっていた。

　唯一、母は気持ちの整理ができたら帰ってくればいいと言ってくれたが、そこはかとなく憐《あわ》れみが伝わってきた。ますます帰れないと思った。

　こんな情けない自分で、産んでくれた母には本当に申し訳なかった。せめて出て行った代わりに家族に迷惑はかけてはいけない、と彼は心に誓った。

ある日、ネットニュースで「孤独死」をテーマにした記事を眺め、一抹の恐怖を抱いた。このままでは自分もその一員になりかねない。末代の恥だと言われるかもしれない。家族にはなんの罪もないのに。

　このままじゃダメだ。本当にダメ人間になってしまう。起死回生しなければ。彼はようやく奮い立つ。どうにか一人で生きていく術を身に着けよう。そう自分を鼓舞し、とりあえずアルバイトを募集していた花屋に飛び込み、働かせてもらうことになった。

　いくつか短期のバイトを掛け持ちし、なんとか生活を維持できるようになってきた頃――。

　ふらっと出かけた先で『シークレット・クラウンテイル』というＢＬゲームを手にとっていた。孤独を癒してくれる何かが欲しかったのだと思う。

　ゲームの内容は、平民の主人公がある日攻略対象の王子や騎士に見初められ、花嫁候補として選ばれるロイヤルロマンス物語だ。これが思いのほか面白《おもしろ》くてやめられなくなっていた。

　彼にとっては衝撃だった。人生はじめての発見だった。このゲームは、自分のマイノリティな恋愛観を余すことなく肯定してくれる。傷ついた心を癒してくれる。気付けば、時間を忘れるくらいすっかり嵌《はま》っていた。素晴らしい世界が在《あ》ることを知った。もっと早く手を出していれば、心を病まずに済んでいたかもしれないのに！

　それからはもう没頭した。攻略対象三人のルートを制覇し、いよいよシリーズ一作目のトゥルーエンド＋隠しルート解放というところまできていたある日のことだった。

花屋のバイトが終わって、彼はいそいそと帰り支度をした。頭の中は『シークレット・クラウンテイル』のことでいっぱいだった。

信号待ちさえもどかしく感じていたそのとき、悲劇は起きた。

激しいクラクションの音が響き渡った。続いて人々の悲鳴……信号を無視して左折しようとしたトラックが横転したらしい。巨体がこちらに突っ込んでくる。気付いたときには、逃げる間もなかった。

ああ、最後がどうなるのかだけでも、見守りたかった……！

フルコンプできなかったことが無念！

そんな思いがちらついたあと、走馬燈のように巡ってきたのは結局、家族のことだった。

家族は、こんな自分の死を悲しんでくれるだろうか？

――父さん、兄さん、不甲斐ない息子で、情けない弟でごめんなさい。母さん、こんな僕でごめんなさい。何もできないまま死んでしまったことを許してください。

――ああ、人生のタイムリミットがこんなにすぐだとは思わなかったな。名誉挽回《ばんかい》する時間がほしかったな。背を向けたまま逃げたまま終わらずに、何か一つでも成し得たかった。次に生まれ変わったときは……何か一つでも希望を持って前を向いて生きられたらいい。さよなら、僕の人生。

巨体に押しつぶされ、衝撃を感じたのはほんの一瞬、ほぼ即死。意識が消える間際に思ったのはそれだけだった。

それが前世の最期。シアン・グリエットは十九歳を迎えたある日、鳥の命を救ったその日にかつて牧島翔という人物だった記憶を思い出したというわけだ。

（——嗚呼《ああ》、無念……）

鳥の命を救った代わりに自分が死んだ記憶を思い出すとは。

しかし、シアンは無事だった。前世の記憶がすっかり蘇ったあと、邸で療養している間に使用人たちの目を盗んで現世の情報をかき集めたシアンは、自分がとんでもない状況に陥っていることに気付いた。

『シークレット・クラウンテイル』に似た世界、否、おそらくそのものの世界に自分は転生したらしい。

これをこの世界の人間に話せば、何を寝ぼけたことを……と思われるかもしれない。しかし、書斎に籠って勉強すると、登場する国や地名、その他諸々、様々なことが一致するのだから否定しようがない。

それらの情報を整理したあと、彼は感極まった末に絶望を味わい、途方に暮れた。

——ああ、なぜ、僕はシアン・グリエットに生まれ変わったのか。

無念どころの話ではない。自分が味わいたかったのは主人公の気分なのだ。攻略対象との友情や恋愛を味わうつもりでいた。そうじゃなくてサブキャラ……事もあろうに悪役令息に生まれ変わっているなんて。

悪役令息の末路は凄《すさ》まじいものばかりだ。主人公の邪魔ばかりをした末に、とにかく恋は実らない。

バッドエンドでは主人公を殺す。各ルートでは、毒殺される。焼き殺される。轢《ひ》き殺される。なんらかの罪を着せられ、投獄されて——斬首刑。

この際、職業はなんでもいい。主人公になれないなら、どこかのモブの村人Aとかの方がずっとよかった。せめて、恋をした相手に一輪の花を捧げ、プロポーズくらいしてみたかった人生だった。

なのに、よりにもよって主人公の敵である侯爵令息だなんて。前世でも悲惨だったのに、今世はもっと酷いエンドが待っているなんて。つくづく外れくじを引いてしまう自分の運の悪さに絶望した。前世で徳を積まなかったからこうなったのだろうか。今さら悔いても遅い。

相当ショックを受けたらしく、しばらく臥《ふ》せっていたせいで、頭がぼんやりしていたようだ。投獄された今、はっきりと前後の記憶を思い出し、シアンの口からは乾いた笑いがこぼれた。

それにしても、思い出してから破滅するのが早すぎる。もっと早く前世の記憶が蘇ってさえいれば、色々と抗って回避することだってできたのに。

「おい、あいつ大丈夫か？　やっぱり、頭おかしくなっちまったのか？」

「お貴族様だからな。相当ショックなんだろうよ」

囚人たちのどよめきや噂話が聞こえてくるが、彼らに構っている場合ではない。

今の状況を整理してみる。この流れからすると——。

とあるルートのエンディング前に、シアンが違法賭博の罪を着せられた末に処刑される話が確かにあったと思う。

（……っていうことは、僕はこれから処刑されて終わりなのか？）

その間にも、主人公は、攻略対象の見目麗しい王子たちの中の誰かと結婚してしまうのだ。

（邪魔者はいなくなり、めでたし、めでたし……ハッピーエンド？）

前世で見た幸せなスチル写真を思い浮かべ、胸の奥で燃え滾《たぎ》るような悔しさがこみ上げた。

「冗談じゃない！」

死んだのはいい。人はいつか死ぬものだ。事故は不運だった。どうしようもない人生が終わった。それも仕方がない。

けれど、せっかく大好きなゲームの世界に転生したなら、もう少し美味《おい》しい想いをしても罰は当たらないんじゃないのか!?　なんでもっと早く思い出さないんだ！

大好きなゲームに裏切られたような気分になったからか、激しく苛烈な感情がこみ上げてきてから、シアンはハッとする。

ああ、そうだ。こういうところがよくないのだろう。

自分は主人公ではなく、脇役しかも悪役――。

いつだって自分で反省するより周りのせいにする。何が間違えているかよりも陥れられたことを悲嘆する。こういう愚鈍な思考そのものが、悪役令息として転生した『シアン』に染まっている証明のようにも思えた。

前世でもそうだった。言い訳ばかりして、劣等感を理由に、人から遠ざかり、問題から逃げていた。

これは問題を解決せずに死んだ、罪と罰なのだろうか。

（それってつまり……前世のツケが、今の運命ってこと？）

それならば最低限、自分はもう元の自分ではないのだと、受け入れるしかない。そしてシアンはこのあとの自分の処遇について想いを馳《は》せる。

斬首刑だなんて怖すぎる。前世は即死だったからまだよかった。首を切られたあと、絶命するまでの間、肉体にはしばらく壮絶な痛みが残されるという説を本で読んだことがある。

思い出したら身体がガタガタと震えてきた。

処刑されて死んだら、次も転生するのだろうか？　もし転生するとしたら、またとんでもない身分に落とされるのだろうか。それならいっそ人間じゃなくて動物の方がいい。

しばし現実逃避をしてみる。誰にも負けない百獣の王ライオンは無理だとして、野良猫くらいなら赦《ゆる》してもらえないだろうか。いつか誰かに拾われ、膝の温《ぬく》もりに包まれるささやかな幸せさえあれば文句はない。人里離れた場所にうろうろしているよくわからない虫だっていい。

高望みはしないから――。

考えすぎて疲れたシアンは膝を抱える。

人生にピリオドを打たれる『バッドエンド』の文字が脳裏にちらついた。

でも、これは悪役の側であり、主人公にとってはハッピーエンド。今頃、主人公は攻略対象の誰かと、めくるめく幸福な日々を過ごしているに違いない。

（ん、待てよ）

プレイヤーが攻略完了した場合、また最初から次の攻略をはじめると思うのだが、この世界を掌握するプレイヤーの存在はどうなっているのだろう。アバターとなっているこの世界の主人公が、勝手に攻略するだけなのだろうか。そもそも、攻略するという概念はないということだろうか。

そんな違和感を抱きつつ、いくら考えたところで、悪役令息の自分にはまったく関係のない話だと落胆する。攻略し放題の主人公とは違い、どうしたって用意された最悪の未来にしかたどり着けないキャラクターなのだから。

だんだんと疲労感から眠気がさしてくる。小さな欠伸《あくび》がこぼれた。そのままシアンはうとうとと頭を揺らす。

次に目覚めるときは、ゲームがリセットされているといい。主人公の邪魔はしたりしないし、バッドエンドを望んだりしない。ダメな自分なりに努力だってしてみせる。

だから、せめてなんらかのエンディングの裏側あるいは隠しルートの先に、悪役令息シアン・グリエットがささやかな幸せと心の安寧を得られるルートが解放されますように……。

悪あがきかもしれないが、そんなことを切に願いながら——シアンは目を閉じた。

＊＊＊

明け方、雨どいを伝う雫《しずく》の音が響いて、シアンはぴくりと瞼《まぶた》を動かした。

囚人たちのいびきが何重奏にも聞こえてくる。耳障りなそれは、だんだんと睡魔を遠ざけていく。どうやらゲームリセットはされていないようだ。

このまま目覚めてしまえば、刻々と迫ってくる処刑の時間を意識することになる。それなら、ギリギリまで眠っていたい。シアンは眉根をぎゅっと締めるように固く目を閉じる。そのとき、小さな足音が近づいてきた。

おそるおそる目を開けると、牢の前に黒いローブ姿のフードを目深に被《かぶ》った男が立っていた。異様な空気を感じて、シアンは息を呑《の》む。

門番はどうやら眠らされたようだ。首をだらりと傾けている。囚人たちは起きる気配がない。これらはすべて黒いローブの男の仕業なのだろうか。

唖然《あぜん》としていると、黒いローブの男は親しみを込めるようにシアンに微笑《ほほえ》みかけた。

しかし見覚えはない。フードに隠された男の髪は漂白したかのように白く、僅かに見え隠れする瞳はこの世のものとは思えない、怪しい緋《ひ》色に揺らめいている。まるで悪魔か死神かと見間違うような物々しい雰囲気に、シアンはぞくりとするものを感じずにいられなかった。

恐怖を感じ、本能的に後ずさろうとしたが、金縛りにあったみたいに動けなくなる。

彼は牢の鉄格子などまるでなかったかのように、いつの間にかシアンの目の前に近づいていた。

「……！」

「脅かすつもりはないよ。我は魔術師だ。悪魔や死神などの類《たぐい》ではないから安心するといい」

まるで心を読んだかのように、ゆったりとした口調で男は語りかけてきた。

「魔術師……？」

シアンは眉間に皺《しわ》を刻んだ。

いやいや、どう見ても怪しさ満点じゃないか――。

そう心の中で突っ込んでから、ゲームの世界にこんなキャラクターはいただろうか、と首を捻《ひね》る。

前世の記憶をすっかり思い出した今ならすぐに彼が誰かわかるはずなのだが。

だいたい安心しろと言われて、はいそうですか、となんてできない。大抵そういうことを言う奴《やつ》に限って危ないのが定説というものだろう。

けれど、どうせもう処刑されるのなら、どうでもいいか、という気持ちがシアンの感覚を鈍らせていた。

「魔術師様が、処刑待ちの僕に一体何のご用事ですか？」

淡々と嫌味を込めて、シアンは問いかけた。

「まあ、そう卑屈になるものじゃない。おまえはここから出たいのだろう？」

「当たり前じゃないですか。ここに閉じ込められて喜ぶ奴なんかいませんよ」

魔術師はふっと鼻で笑う。愉快そうな態度に若干苛立《いらだ》ちを覚えるけれど、すぐに彼の独特の雰囲気に呑まれてしまう。

「ならば、出してやろう。この花の種を飲むといい。そうすれば、おまえは自由になれる」

虹色に輝くそれは、種というよりも宝石のようだ。こんなものを飲み込むのは抵抗がある。

しかし――ここから出られるという希望が、シアンに迷いを抱かせた。

「本当にここから出してくれるんですか？　それが、毒じゃない保証は？」

警戒するシアンに、謎の魔術師は妖《あや》しげに微笑む。

「この種は、おまえの能力を開花させるだろう。それは今後、幸福をもたらす花となるはずだ。何も恐れることはない。存分に運命を味わえ。悲観も、絶望も、苦悶も、やがてすべてが無に溶ける――」

謎の魔術師が語る。彼の赤く光る瞳から目が離せない。身体が大蛇にでも巻きつかれたかのようにきつく縛られた感じになり、思わず開いた口の中へ、半ば無理矢理に花の種を流し込まれてしまった。

「あ、あ――」

喉が燃えるように熱い。舌が焼けるように痛い。吐き出すことはもうできない。麻酔を打たれたみたいに、全身が激しく痺れ、シアンは慄《おのの》く。そして彼は、謎の魔術師を睨んだ。

謎の魔術師はシアンを翻弄するように意味深な笑みを浮かべるだけ。

騙された！　やはり悪役令息の身分で、そんな美味しい話にありつけるはずなどなかった。

これは斬首刑よりも酷い、毒による拷問だ――。

冷や汗が流れる。痛みに悶絶し、気が狂いそうになるのを覚悟したそのとき、突然、今あった痛みなど何もなかったかのように清涼な風が喉の奥を通っていった。

「あれ？」

シアンは思わず自分の喉に触れた。

首を絞められるみたいな息苦しさはなく、痛みもない。

謎の魔術師はというと、いつの間にか鉄格子の向こうへと移動していた。

「おまえにはこれから新しい人生が訪れる。さしあたり、その身に宿した種を開花させてみせよ」

「開花？　意味がわからない」

何か変わった様子はない。疑問符が大量に押し寄せる中、魔術師は口の端を引き上げた。

「このまま、おまえは半日牢屋で好機を待て」

「なっ。嘘つき。飲んだら出してくれるんじゃないですか？　あんなに苦しい思いをしたのに」

シアンがそう言い募ると、謎の魔術師はかぶりを振った。

「まあ、落ち着け。ただ牢を破っただけではすぐに城からの追手《おって》に捕まるだろう？」

「確かに、それはそうですけど……」

「案ずることなかれ。おまえは必ず釈放される」

「その言葉、信じていいんですね？」

謎の魔術師は陶器のような白い顔に微笑を浮かべるだけ。

「王宮の西の塔から続く城下町に薬屋の邸がある。特徴的だからすぐにわかるだろう。馬に羽根が生えた模様の看板だ。そこを訪ねてみるといい」

疑うシアンの様子などまるで無視し、謎の魔術師は方角を示してそれだけ言うと、景色に透けて溶け込むように姿を消した。

「魔術師というか預言者？　一体、何者……」

茫然としたままシアンはしばらく立ちすくんでいたが、眠りから覚めたらしい門番がハッとして任務につくのを見て、シアンも慌てて状態を取り繕った。

いきなり現れて助言するなんて、胡散臭《うさんくさ》いことこの上ないが、今のシアンにできることは、ただ時が訪れるのを待つことだけだった。

相変わらず雨が降っている。だんだんと激しく、しかしやがて小雨になっていく。

雨粒の音をいくつ数えただろう。ここには時計もなければ、陽《ひ》も入らないから時間がわからない。

永遠のものとも思えるような感覚になりかけていたところ、そのときはようやく訪れた。

「シアン・グリエット、外へ出ろ」

牢屋の扉が開かれる。奇跡が起こった。

魔術師が言ったようにシアンは釈放されたのだ。

警察の話によれば、侯爵は確かに違法賭博に関わっていたことを認めたが、息子は嫌疑なしと判断されたらしい。

侯爵の褫爵《ちしゃく》は免れない。領地は没収、邸は差し押さえられることになるだろうという話だ。使用人たちは解雇され、シアン自身はこれから細々と自分の力で生きていく他はない。

しかしシアンは清々《すがすが》しい気分だった。悪役令息という荷から解放されたからだ。

外は雨がすっかりやみ、雲一つない青空が広がっている。陽の光にあてられた緑の葉は宝石のような雫をたわわに宿し、絵に描いたような虹が空を駆けていた。

不意に、シアンは謎の魔術師の言葉を思い出した。

『おまえにはこれから新しい人生が訪れる。さしあたり、その身に宿した種を開花させてみせよ』

意味はわからなかったけれど、何もなくぼんやりしているより目標があった方がいい。

突き動かされるように、シアンは王宮の西の塔から続く城下町へと想いを馳せた。

そこに行けば何かが起こるのかもしれない。不思議と、怖いことは起こらない自信があった。根拠という根拠はないのだけれど。

そればかりか、どこか期待に胸を弾ませていた。それこそ、今度こそ自分が生まれ変わるかのようなーー。

王宮の玄関から正門の前へと歩んでいた足を止めて考え込んでいると、どこからか馬の嘶《いなな》きが聞こえ、シアンはハッとした。精悍《せいかん》な騎士たちの姿を視界の端に捉える。近衛《このえ》騎士団が整列しはじめていた。これから隊列を組み、遠征にでも出るのかもしれない。

（騎士といえば……）

攻略対象は三人。第一王子、第二王子、そして彼らの乳母兄弟である近衛騎士。

前世ではトゥルーエンドと隠しルートを解放できずに死んだので、隠しキャラの存在はわからない。公式の情報によると、攻略できるキャラが増えるはずだった。それについてはもうどうしようもないから忘却の彼方《かなた》へ葬ることにする。

（せめて、王宮にいる間に、彼らに会いたかった……）

転生しても何一つ接点がない。未練がましく攻略対象のことを思い浮かべるが、門番に睨まれてしまったので、一旦妄想はやめることにした。

さて、すぐにも城を離れよう。そう思ったとき、シアンの目の前に、見覚えのある懐かしいものが表示されていた。

透明のアクリルガラスの塊のような、選択肢のボックスが表示されていたのだ。

「え――!? 何これ」

表示されているのは――。

『東へ行く』『西へ行く』『王宮に戻る』の三択だった。

やっぱり、この世界は『シークレット・クラウンテイル』のゲームの世界なのだと、感嘆のため息をこぼす。

転生したのではなく夢あるいはなんらかのＶＲ《ブイ・アール》体験であったというオチを一瞬期待したが、残念ながら周りの景色がゲームそのものになっているというわけではない。それに、ちゃんと肉体はシアン・グリエットなのだ。

（処刑を回避したから何らかのルートが解放された？　でも、主人公じゃない自分がどうして……選択肢を選べる立場に？）

これはどうしたものかと、シアンは顎を撫《な》でる。

謎の魔術師が目の前に現れたのも、特殊なイベントが発生したという証なのだろうか？

（選択肢を間違えたら、せっかく城を出られたのに、また別の理由で死ぬかもしれない）

シアンはごくりと生唾を飲み込む。

慎重に考えよう。

東にはグリエット家の邸がある。しかし今さら邸に戻ったところで自分の居場所はない。無論、丸腰のまま城に戻るなんて論外だ。

（王宮の西の塔から続く城下町……薬屋の邸だっけ）

種を開花させるというのは、その薬屋の主に聞けばいいということだろうか。

「なら、西へ行く」

選択肢ボックスは、物理的に触る必要はないらしい。シアンの意思が伝わった時点で、確定したようだ。

それから——。

城から遠ざかってからすぐのことだった。背後から馬が闊歩《かっぽ》する音が近づいてきた。道を譲ろうと

東へ行く
西へ行く
王宮に戻る

振り向いたとき、シアンは驚いて目を見開く。

「ええっ」

　なぜなら、手入れの行き届いた、美しい毛並みの黒馬がシアンの目の前で止まったからだ。

　馬の背中から鞍《くら》の後方へかけて豪奢《ごうしゃ》な意匠の飾りがついており、胸元を彩る装飾品には、獅子《しし》と剣と天秤《てんびん》が描かれた王家の紋章が輝いていた。

（城の馬がなんで……誰かを乗せていた？　落馬したとか？）

　しかし人の姿は見えない。

　シアンが戸惑っている間にも、馬はゆっくりと近づいてきて、いきなり頭を擦《こす》りつけてきた。

「えっえっ……何。くすぐったい！」

　まるで甘えているようだ。人懐っこい馬に思わず笑ったあと、シアンは辺りをもういっぺん見渡す。誰も追ってくる気配がない。

　迷子になってしまったのだろうか。

　しかし王宮に連れ戻すのも気が引けた。自分が不運の持ち主であることを忘れたわけじゃない。また何らかの罪に問われれば、今度こそ牢屋から出られなくなる可能性だってある。

「君はここにいたらだめだよ。城の人たちが心配しているんじゃないか？　賢いんだから帰り道くらいわかるだろう？　ちゃんとお城に戻るんだ。いいね？」

　ブルブルと馬は鳴いた。シアンに顔を擦りつけて離れようとしない。人懐っこい愛らしい仕草に気持ちが和み、あまりにくすぐったくてシアンは無邪気に笑ってしまう。

　ふと、前世で小学生のときに飼っていた犬のことを思い出していた。こんなふうに甘えてくることがあって可愛《かわい》かった。亡くなるときまで自分に一番に懐いてくれていたな、と目を細めた。人には好かれなかったけれど、動物には好かれる体質だったのだ。前世で唯一彼が誇れた部分かもしれない。

「参ったな。僕はやることがあるんだ。おまえに構っている暇はないんだよ。ごめんな」

　やさしく頭を撫でてやると、言葉が伝わったのか否か、一旦しょんぼりと引く姿勢を見せた。

　ところが、それでも馬は諦めきれなかったのか、シアンを持ち上げるべく先ほどより激しく頭を擦りつけてくる。

「わっ！　危ないから、やめるんだ」

　執拗《しつよう》な求愛ともとれる攻撃が続く。これは……ひょっとして乗れということだろうか。しかしそんなことをしたら今度は馬泥棒の罪に問われてしまう。

　またあのかび臭い牢屋に閉じ込められるなんて、まっぴらごめんだ。

「どうどう！」

　なんとかなだめようとしても頑固な馬は動かない。このまま押し相撲をしていても埒《らち》が明かないので、とりあえず王宮の前まで戻ることにした。

「はぁ。馬に出鼻をくじかれてどうするんだよ。まったく、おまえったら、しょうがないやつだな」

　シアンは渋々手綱を握り、手慣れたように鐙《あぶみ》の上に乗り上げる。それから馬の背に跨《またが》った。

乗馬の経験はもちろんある。十二歳から十九歳になるまでの、この肉体における貴族の嗜《たしな》み程度ではあるが。

馬はシアンを乗せた途端、心なしか嬉《うれ》しそうに足を鳴らす。

「よし、城へ――」

鐙を蹴って、馬を誘導したつもりだった。しかしなぜか馬はくるりと旋回し、西の方角へと向いて走り出してしまう。

「……って、違う。そっちじゃない！」

必死に操縦しようと指示を出しても馬は言うことを聞かなかった。

「なんで――!?」

シアンはハッとする。

（ひょっとして、これもあの魔術師の手引きってこと？）

明らかに、馬がシアンを追いかけてきたこと自体がおかしい。餌付けなどしていないし、見たこともない知らない馬なのに。

それに、城の馬が野放しにされているというのに、追手が来ないのもやっぱりおかしい。

「だったら、もういいか……」

考えてみれば、さっき選択肢で西に行くことを選んだのだから、西に向かう展開はおかしくはないのだ。

脚力を蓄えた黒馬の勢いはもう止められない。風を切りはじめた頃には、シアンは無理に馬を連れ戻す考えを諦めはじめていた。

（うん。馬を盗んだんじゃない。僕は……運命に導かれたんだ。そういうことにしておこう）

王宮の西の塔を抜けた先にある城下町は城からは近く見えるようで実はかなり離れている。歩いたら半日はかかってしまう。森の中も通ることだし、できれば暗くなる前にたどり着きたい。

「よし。えっと……クロ！　頼んだよ」

やや不安に思いつつも都合よく解釈したシアンは、手綱をしっかり握り直すと、便宜上クロと馬に名前をつけ、薬屋の邸へと馬を走らせるのだった。

それから走り続けること数時間――。

途中でクロを休ませて湖畔で水を飲ませてから、またひたすら野山から街道を駆ける。そうして無事に城下町へと下りていったシアンは、一旦馬から降りて薬屋の邸を探すことにした。

特徴的だからすぐわかる、と謎の魔術師が言ったとおり、すぐにその邸を見つけることができた。

茶色の煉瓦《れんが》の屋根にワイン色の扉。軒下に模様を発見する。

「馬に羽根の模様――」

神話でいうところのペガサスかもしれない。

一旦クロを馬留《うまどめ》に繋《つな》いでから、シアンはクロの頭を撫でてやった。

「少しここで大人しく待っているんだよ」

不思議と言葉の一つ一つが伝わっているらしい。馬は相槌《あいづち》でも打つかのようにブルンと鬣《たてがみ》を揺らした。その仕草はとても愛らしく、シアンの張りつめた心を和ませてくれる。たった半日の旅だったが、すっかり相棒気分だった。

おそるおそる薬屋のドアを開くと、ドアベルのカランと心地のよい音が響く。建物自体はカフェやバーのような造りをしていた。あるいは花屋のよう。とても薬屋には見えない。

棚に置かれたガラスのポットには薬草やハーブが入っていたり、床には大小様々な花の鉢植えがあちこちに並べられたりしている。

カウンターに近づくと、蒸気のようなものがフラスコからこぽこぽと小気味のよい音を立てている。シアンが物珍しそうに見渡していると、奥の方から店主と思《おぼ》しき人物がやってきた。

「おや、いらっしゃいませ。何かご入り用でしょうか」

眼鏡をかけた初老の男性はそう言い、微笑みかけてくる。やさしそうな主人だ。

とりあえずシアンはホッと胸を撫で下ろす。

「えっと……」

なんて説明したらいいのだろう。謎の魔術師の名前は知らない。

こういうときに選択肢ボックスが出てきたらいいのに。もどかしく感じていたところ、珍しく願いが叶《かな》ったらしい。

三択の選択肢が目の前に透けて浮かんでいた。

『種と花について』『魔術師について』『馬について』

どれも気になる項目だが、この並びには少しだけ覚えがあった。

だいたいすべて順番に選べるようになっているはず。

ただ、そうじゃなかった場合に困るので、とにかく一番気になる情報を先に選ぶことにする。

『種と花について……』

やはり物理的に触れる必要はなく、シアンの意思により選択され、店主は聞き返してきた。

「花壇をお作りになりますか？」

「いえ。種を飲んだんです。それで花がどうと言われて……」

思ったとおり選択肢は生きていた。今日のシアンは冴《さ》えているようだ。

順番に、『魔術師について』問いかけると、店主は眼鏡の奥の瞳を煌めかせた。

「なるほど、種の主に、こちらへ来るように言われたのですね」

「はい」

最後に、『馬について』。

「王宮の模様をつけた馬がついてきたというか、連れてこられたというか……」

「あなたのお名前をお伺いしてもよろしいでしょうか」

「シアン・グリエットです」

ドキドキしながら店主の返答を待つ。

「……確かに承りました。それではこちらへどうぞ」

　店の奥へと案内され、シアンは店主の後に続く。

　胸の内側がゆっくりと鼓動を刻みはじめ、これから何が起こるのだろうという期待に心が満ちていく。

　店の奥は薄暗く、店頭の爽やかな青々とした雰囲気とはまったく違っていた。

　中央には薄紫色の水晶のオブジェが輝きを放ち、麝香《じゃこう》の馨《かぐわ》しい匂いが漂っていた。正直、ものすごく怪しい。

（占い師の館……みたいな？）

　ひょっとして謎の魔術師がこの店主に化けているということはないだろうか。またからかわれているのではないだろうか。

　そんなふうに身構えていると、店主がこちらへどうぞと水晶の前にシアンを案内する。

「あの、あなたは魔術師ですか？」

　店主は一瞬だけ意表を突かれた顔をしたが、すぐに穏やかに微笑んだ。

「いいえ。私はただの仲介人です。彼の導きでやってくる者たちを、新たな扉へとご案内する係といえばわかりやすいでしょうか」

「なるほど……」

「この水晶に触れてください。あなたが飲んだ種により、この先の未来が選定されます。それに伴い、あなたの中に眠るスキルが開花するはずです」

なるほど、とシアンは唸《うな》った。種により花が開花するというのは、そういうことらしい。

（仰々しいったら……もったいぶらないで言えばいいのに）

あんなに怖い想いをしたし、不愉快で仕方なかった。ここにはいない魔術師が頭の奥で嗤《わら》った気がした。

「痛いことや怖いことは起きませんよね」

さっきまでクロと一緒に旅をしていたときは、楽しいことしか起きない自信があったが、やはり不安になったシアンは念のため店主に尋ねた。

店主は返答に窮したようだ。けれど、返答を待つまでもなく、もうとっくに運命に逆らうことはできそうにないらしい。

吸い込まれるように、シアンの手は水晶へと飲み込まれていく。手だけではなく……身体にも何かがじわじわと浸食してきていた。

「あ、あ——っ」

瞬《またた》く間に眩《まばゆ》い光に包まれ、シアンは目を瞑《つむ》らずにはいられなくなった。

痛みはない。苦しくもない。怖くはない。

ただ、胸の鼓動は速まり、吐く息が浅くなる。

細胞に蟠《わだかま》るもの、思考を邪魔するもの、魂を傷つけてきたもの、そのすべてが無に還《かえ》る。

『この種は、おまえの能力を開花させるだろう。それは今後、幸福をもたらす花となるはずだ。何も恐れることはない。存分に運命を味わえ。悲観も、絶望も、苦悶も、やがてすべてが無に溶ける――』

脳内に、肉体に、血液に、細胞の隅々に、魔術師が唱えた言葉が、流し込まれていく。

ふっと意識を消失しそうになったそのとき、目の前の景色がゆっくりと戻ってくる。シアンはそっと安堵《あんど》の息を吐いた。

「ご気分はいかがですか？」

店主の顔が二重に見えたが、すぐにはっきりと焦点が合うようになった。

「なんとも、ないです……」

思考がクリアになったような気はするが、劇的に何かが変わったような感じではない。

ただ、何か自分の中に蔓延《はびこ》っていたよくないものが浄化されたような清々しさがあった。たとえるなら、神社でお祓《はら》いしてもらったときのような感覚かもしれない。

一先《ひとま》ず、シアンは視界に映る範囲内で、自分の肉体がどうなっているかを確認した。すぐ目に留まったのは手首だ。内側になんらかの紋様が刻まれている。

「それは、刻印です。あなたの新しいスキルが刻まれた証」

店主が言った。

花の形だろうか。中央に薔薇の蕾《つぼみ》のような模様、それを幾重もの茨の線が囲むよう円を描き、四方には散った花びらが描かれている。紋章あるいは魔術などにある魔法陣にも見える。

「身体の必要な場所に、いくつか記されているはずです。外的な影響を受けて強く浮かび上がることもあれば、逆に視えなくなることもあります。ですが、今後、あなたが生きている限りは、消えることはありません」

「つまり、これが花……ということですか？」

「ええ。花はいかようにも美しく育て、咲かせることができましょう。あなたの幸運を心より祈っております」

眩い光から離れると、シアンが着ている衣装は、もう貴族のそれではなかった。

どうやらこれは——スキル開花によるジョブチェンジということらしいとシアンは察した。

「それにしても、この衣装はなんだろう……」

シアンがきょろきょろしていると、店主が「こちらでご確認ください」と鏡へ誘導した。

ツナギを着た自分の姿を見て、シアンは首を捻った。

農家の作業服のようにも見えるが、野暮《やぼ》ったい感じではない。カジュアルというか若者の洒落《しゃれ》たファッショナブルな装いだ。前世でも見たような記憶を辿《たど》ってみると、動物に関わる仕事のように思う。

「え、それで馬？　……厩番《うまやばん》？　飼育員？　調教師？」

地味は地味だけれど、平民としてゆったりと過ごしていけるなら、それはそれでいい。

鏡を見れば、刻印は手首だけではなく肩とうなじの境目にも記されていた。気になってシャツを捲《まく》りあげてみれば、脇腹にも一つある。

しかし目視で確認した途端、店主が言っていたようにすっと視えなくなってしまった。これは必要なときに浮かび上がるということなのだろうか。

と、そのとき。シアンの目の前に選択肢――ではない、別のボックスが浮かび上がった。

そこにはこのように書かれてあった。

『ルート解放』『スキル獲得：猛獣使い』『属性付与：フェロモン』

「猛獣使い……!?　フェロモンってなに……」

特別なフェロモンを放つようになったことで動物に好かれる体質となり、猛獣使いのスキル獲得ということなのだろうか。

なんだか、怒涛《どとう》の展開に眩暈がしてくる。

「ええ。ライオンになりたい、猫になりたい……と、願ったことはあったよ、あったけど」

ライオンに食べられる死亡フラグが立っていないだろうか。そんなことを考えてしまった。

「あの、このスキルって、やり直しはできないんですか」

「無理ですね。種から出る花は一つ。あなたの中の種は花に変わってしまいましたから」

即答だった。

「あ、そうですか。贅沢《ぜいたく》言ってすみませんでした」

「きっと、何事も、意味があるはずですから」

店主は意味ありげに微笑む。

猛獣使いというのがよくわからないけれど、実家のペットは好きだったし、やたら動物には好かれる体質だったんだよな、とシアンは改めて前世を懐かしむ。だんだんと前世と現世について意識的に冷静に判断できるようになってきたらしい。

あとは、『ルート解放』という文言が気にかかるところだ。自分の知らない隠しルートが解放されたということだろうか。

「今日はお疲れになったでしょうから、二階の部屋でお休みください。何かお困りのことがあれば、明日ご相談に乗りますので……まずはごゆるりと」

店主に言われたとおり、シアンは二階の部屋に泊まらせてもらうことになった。

今日一日で色々なことがありすぎた。一旦、心と身体を休めて、第二の転生人生について考えたい。

湯を張った風呂をいただき、シアンは一息つく。湯に浸《つ》かっていると、視えなくなった刻印がうっすらと体温の上昇によって浮かび上がってくる。何らかの魔法陣のようにも見えるし、薔薇の模様にも見える。

手首、うなじ、鎖骨、脇腹、背中、腰、内腿《もも》——刻印は七ヶ所。裸になってからシアンはすべて確認した。

一体、これが何の役に立つのかわからないけれど、とにかく悪役令息という立場からは離れられた。もう設定に苦しめられることはなくなったのだ。それだけで充分実りがあったというもの。

これからは第二の転生人生を謳歌《おうか》すべく、心を入れ替え、卑屈にならず拗《す》ねたりせず、最大限努力していくことにしよう。

シアンは決意を新たに、生まれ変わった自分の身体を湯の中でそうっと抱きしめる。

もう、自分を痛めつけることはやめたい。誰かと比べることなく、比べられることに落ち込まず、自分は自分の人生を大事に生きていきたい。その中で、いつか——誰かと絆《きずな》を深められる未来があればいい。

それから身支度を整えてふかふかのベッドに滑り込むと、ほどなく夢を見ることもなく眠りに落ちていったのだった。

◇＊2　猛獣使い編

朝の陽の光がカーテンの隙間からこぼれ、シアンの端整な顔に光の筋を作っていく。しばらく微睡《まどろ》んでいたシアンだったが、眩《まぶ》しさにとうとう眉をひそめ、睫毛《まつげ》がぴくりと動いた。

馬の鳴き声が聞こえきて、シアンはやっと瞼を開く。彼はハッとして布団を剝ぐように起き上がった。

薄い寝間着一枚だったが、薔薇の見頃を迎えた初夏になると、幸い朝晩の肌寒さはあまり感じない。まっさきに手首を確認すると、うっすらと刻印が見える。光にかざせば透ける程度ではあるが、夢ではなかったのだと信じられた。

それに、ハンガーにはツナギとシャツがそれぞれかけられていた。間違いない。とりあえずジョブチェンジは成功したらしい。

ベッドの上でぐんと背伸びをすると、ノックの音が聞こえてきて、シアンは返事をする。

店主が顔を出し、やさしく声をかけてきた。

「おはようございます。そろそろお腹《なか》が空きませんか。朝食をご用意しましたから、お支度が終わりましたらどうぞお召し上がりください」

そう言われると、腹が小さく鳴った。昨日は何も食べないで寝てしまったのだ。

「ありがとうございます。昨夜から大変ご親切にしていただいて」

「いえ。これも私の務めですから。お気になさらず」

店主は微笑んで退出する。

シアンはとりあえず着替えることにする。冷たい水で顔を洗って目を覚まし、ハンガーにかけられたシャツに腕を通した。鏡を見ながらボタン付きのツナギを身に着ける。着心地はよかった。余計なもので着飾らないで済み、身軽なのがとてもいい。

しかしジョブチェンジしたとはいえ、スキル開花させるにも肝心の仕事がない。今のところ無一文なのである。

店主の厚意に甘えてばかりもいられないだろう。せめて、次の行先を決めるためにも、少し相談してみてもいいだろうか。

（ご飯食べたら、クロにも挨拶しないと）

それから――。

エッグトースト、じゃがいものスープ、豆とマッシュルームのサラダ、レモンとチーズのプディングなどなど、朝食をありがたくいただいたあと、シアンは外にいたクロに店主からわけてもらった人《にん》参《じん》を与えることにした。

クロは喜んでシアンに頭を擦りつける。その仕草がやっぱり可愛くて、シアンの心を和ませる。

「おまえのことはどうすればいいんだろうな。このままにしておくわけにはいかないし……」

王宮に戻るという選択肢はまずありえない。届けにいったら訝しがられるのがオチだ。もし謎の魔術師が差し向けたということなら、回収しにくるということはないのだろうか。もし次に会うことがあれば、文句とお礼を一言ずつ、否、二言でも三言でも伝えたいのだが。

それにしてもクロは可愛い。特に円《つぶ》らな瞳と懐っこい仕草が愛らしい。一緒にいるとなんだかほっこりする。クロの存在そのものが精神安定剤のようである。

なんとなく離れがたくなり、クロにぎゅっと抱きついて鬣を撫でていると、店主が誰かと話す声が聞こえてきた。どうやら来客があったらしい。

（僕と同じジョブチェンジ志願の人かな）

好奇心に駆られ、開かれていた窓から覗《のぞ》いてみたが、ちょうど店主の手元までしか見えない。やってきたのは薬を求めにきた純粋な来客のようだ。

つまりここは謎の魔術師と繋がっている仲介屋。薬屋は表向きのフロント企業ということなのだろう。

話が終わる頃を見計らって店主に相談しよう。そう思いながら、しばし日向《ひなた》ぼっこしていると、また来客があったらしい。ひっそりと存在しているように見えるこの店は割と繁盛しているようだ。

今度は、別の男性の声が聞こえてきた。

「いつものを頼む」

よく通る低い声だ。相変らず客の姿は見えないが、きっと高貴な人なのだろうというのはなんとなく想像がつく。

「かしこまりました。すぐにご用意いたします」

馴染《なじ》みの客なのか、店主は鷹揚《おうよう》に返答すると、ハーブポットの中から薬草を取り出し、小分けにした紙袋へと詰めはじめた。

ふわりと鼻孔をくすぐったのは花の甘い香りだった。ひょっとして高貴なる人の寝所で焚《た》く香か、あるいはサシェやポプリだろうか。

　そんなふうに想像を巡らせながら、シアンは自分の手首の辺りをさすった。

（香りか。属性付与フェロモンって、動物専用っていうことなのかな）

　鼻を擦りつけてみても自分で香りは感じない。フェロモンというのは体内で生成されて分泌されるもので、他の個体に一定の行動や発育の変化を促す生理活性物質のことをいう。その分泌される香りがどんなものかは自分でわからないのだそうだ。

「ところで、主人、この辺りに馬が迷い込んではいなかったか」

　馬、という言葉に、シアンはぴくりと反応を示す。

　これはひょっとしてまずいのでは。心臓をいきなり握られた気分になった。

「いえ。見てはいませんね」

　店主は何事もないようにさらりと答えた。

　誠実そうな店主が動揺せずに嘘をついた。そのことに違和感を覚えたシアンはとっさに窓下に移動して聞き耳を立てた。鼓動が早鐘を打っていた。

「そうか。実は私の愛馬が姿を消したのだ。臣下に探させているのだが、いくら探しても見つからないようだ。無事であるといいのだが……」

（愛馬って――！）

　シアンの顔からさあっと血の気が引いた。

この人は王族の人間だ。クロを探しているのだ。

（どうしよう……）

店主は匿《かくま》っていることを隠すために嘘をついた。もしクロがここにいることが客に知られたら、店主が咎《とが》められるのは確実だろう。それればかりか、シアンはまた捕まってしまうかもしれない。

動揺したシアンはクロを馬留から放し、一緒に邸から遠ざかろうとした。しかし次に聞こえてきた言葉に耳を疑った。

「たしか、猛獣使いに伝手《つて》があったな。依頼をしてもらえないか」

猛獣使い……！

シアンは思わず声を出しそうになった。慌てて口元を押さえ、息を押し殺して耳を澄ませる。

「ええ。さっそく、猛獣使いに連絡をとりましょう」

店主はどういうつもりなのか、至極当然のように返事をする。もしかして時間稼ぎのために話をしているのだろうか。

「ああ、頼む」

まずい。客が店を出ようとする。こちらの裏庭の方には目隠しのようなブロック塀もない。もし見られたら一巻の終わりだ。

慌てて鐙に足を乗せようとするシアンをよそに、運命はそう簡単に彼に楽をさせてくれはしなかった。

来客がこちらに来る。もう間に合わない——。

白い軍服を着た彼と目が合ってしまった。想像したとおり、まぎれもなく高貴な、しかも王族の人間だった。

シアンは彼を目にした途端、息を呑んだ。

ああ、なんて美しい人なのだろう——。

王族の風格がある凛《りん》とした佇まい、亜麻色のサラサラとした髪、はちみつの飴《あめ》を思い出させる、琥《こ》珀《はく》色がかったエメラルドに似た翠《みどり》色の瞳。それらは、この世界でたった一人の人に赦される証。すっと通った鼻筋に、固く引き結ばれた甘い唇。その精悍な造形は、他にはありえない。

シアンの目の前にいるその人は、マティアス・ブランシェ……ここブルーノア王国の王位第一継承者、マティアス王子だ。

前世の攻略情報では、彼は王位継承者らしく公務に真面目に取り組んでおり、滅多に声を荒らげることはない穏やかな性格をしている。その一方、剣の腕は王国一で彼の右に出る者はおらず、重鎮たちからは常に頼りにされ、臣下たちからは慕われている。

ふらふら遊び歩いている弟の第二王子レオンスのことを大事にも考えており、周りからの批判が高まらぬよう常に気にかけてフォローするやさしさもある。前世で兄に辛辣な扱いをされてきたシアンにとって、理想の兄貴像ともいえる人物だ。

周囲に頼られ公務を優先するあまりに恋愛にはあまり積極的ではなく、交際に慣れている方ではないが、その分、彼の情熱と純粋さは未来の花嫁と真剣な恋に落ちたときに本領発揮するのだ。ロイヤルロマンスの王道ルートだった。

文武両道、まさしく王になるべく生まれてきた生粋の王子。見た目もまた彼の美しさに敵《かな》う者はいないとされる。

シアンは吸い寄せられるように美しいその人に魅せられ、ぼうっと立ちすくむ。圧倒的存在感、目がくらむような美しさと凛々《りり》しさ。少し冷たく見えるのは、それほど完璧な顔立ちだからこそ。

シアンはため息をこぼす。自分に付与されたフェロモンなんて、マティアスの存在感に比べたら到底敵わないに違いない。

すると、クロが視界を邪魔するようにシアンの頰《ほお》に顔を近づけ、突然じゃれついてきた。シアンはハッと我に返る。

クロはシアンの背中をぐいぐい押してきて、マティアスの方に突き出そうとしている。

「わわっ。クロったら、待って押さないで」

もしかしてクロはお城に帰りたくないのだろうか。それで守ってほしいのだろうか。

そうしたい気持ちは山々だが、しかしもうバレてしまったのだから、隠し通せるはずがない。

まさかクロがマティアスの愛馬だったなんて思いもしなかった。前世のゲームで馬を所有していることは知っていたが、その詳細な様子など描かれてはいなかった。

「クロ？　その馬は、おまえのものか？　私が所有している愛馬によく似て見えるのだが」

マティアスが整った表情をさらに硬くする。完全に疑われている。シアンの表情から血の気が引く。見惚《みと》れている場合じゃなかった。

マティアスはすぐには詰問せず、こちらの出方を窺《うかが》っている様子である。

「まさか。ごめんなさい。実は、迷子になっているこの子をどうしたらいいかわからなくてお世話していたんです。どうか赦していただけないでしょうか」

「なるほど。構わぬ。そういうことなら不問にしよう。脱走したところまでは把握していたからな」

マティアスはそう言い、静かに頷《うなず》く。シアンはホッと胸を撫で下ろした。

「それから、馬の名は、セドリックという」

「そうなんですか。かっこいい名前があったんだね、クロ……じゃなくて、セドリック」

クロ改めセドリックがブルンっと返事をすると、マティアスは相好を崩した。その柔らかな微笑みに、シアンは釘付《くぎづ》けになってしまった。

どんな強い眠りの魔法をかけられても、ハッと目が覚めることができると確信できるほどの美しさだったからだ。

「しばらく預けていてもいいだろうか？　あまり他者に懐く馬ではないのだが、おまえには心を開いているようだ。側にいる間は存分に可愛がってやってほしい」

マティアスからの思いがけない提案に、シアンは目を丸くする。

「良いのですか？」

「城の者も任務についてばかりはいられないものだ。束の間の癒しを求めることはある。このものにも少しくらい休暇を与えてやるとしよう」

セドリックが尻尾を揺らしている。理解してもらえたことを喜んでいる様子だ。

マティアスは大切そうにセドリックの頭を撫でる。主を思い出したかのようにセドリックはマティアスに挨拶する。

するとマティアスは目を細めるようにして微笑んだ。とても絵になる光景だ。シアンは頬を紅潮させたまま、また魅入ってしまう。

(驚いた。まさか、マティアス殿下と会えるなんて)

第一王子マティアス殿下……。攻略した中で、一番ワクワクさせられるルートだった。

かつて前世で、ゲームの中のあなたに、僕は恋したことがあるんです、とは言えないけれど。

ドキドキと鼓動が高鳴るのを抑えることができない。

これが、転生してから攻略対象だったキャラとの初めての接触だった。

＊＊＊

第一王子マティアス殿下との接触があった日。

シアンは店主の紹介により、国が管理するいくつかの猛獣舎の内の一つで飼育係を担当することになり、その傍《かたわ》ら、猛獣使いの訓練を受けることになった。

スキルを獲得していることもあり、資格習得はそんなに難しいものではなかった。

なにしろ属性フェロモンの効果は絶大で、猛獣たちの方があっけなく降参してお腹を見せる。巨大なライオンやトラがごろごろと喉を鳴らしてシアンに懐くのだ。

象や熊は嫌がることなく背に乗せてくれ、小鳥は肩に集まって唄《うた》い出し、壺《つぼ》を住処《すみか》にした蛇やトカゲがゆらゆらと踊る。狼《おおかみ》が隊列を組んで伏せ、猫や犬は甘えるようにお腹を見せる。

前世で見たことのあるサーカス団のごとく、指示した芸は皆お手の物。絶対服従。シアン自身感動していた。猛獣使いの師匠が「君には何も教えることがない」と両手を広げた。

猛獣舎内の動物たちはというと、主に王宮に連れていかれ、王族の愛玩《あいがん》となるか、王族主催のショーの見世物になるか、あるいは他国へ貢物として献上されたりする。

芸はもちろんだが、その移送中こそ猛獣使いのスキルが必要になる。いくら躾《しつけ》をしても獣にだって本能がある。充分に訓練を重ねないと、万が一の事故に繋がることもある。猛獣使いの責任は重大だ。

シアンが猛獣たちと戯れているさなか、何度かマティアスの姿が見えた。セドリックの様子を見にきたのかもしれない。

実は、マティアスと初対面の際にシアンは自分の名前を教えなかった。訳があって天涯孤独の身で猛獣使いに志願したとだけ説明した。天涯孤独というのはあながち嘘ではない。肉体はシアンだが魂は前世の記憶を刻んだ上で新しい転生人生をはじめたのだから。

無礼だと撥《は》ねられたらどうしようと冷や汗が流れたが、義を重んじる大らかなマティアスの前では杞憂《きゆう》だった。それに、すぐ店主がフォローしてくれたので、その件に関して深く追及されることはなかった。

見つかったのがマティアスでよかった、とシアンは改めて思った。もし他の城の人間だったら、今ごろどうなっていたことかわからない。

初めての対面からかれこれ一ヶ月になろうとしている。

薔薇の見頃は過ぎ、しばらくは曇天に覆われ、長い雨が続いた。その後も特訓に明け暮れるうち、気温は上昇していき、夏らしい清々しい青空が広がるようになった。

ブルーノア王国にも四季がある。夏はとても乾燥して日差しが強い。休憩時にはレモンをはじめとする果実で喉を潤した。涼しい夜は流れ星を数え、星座がはっきりと浮かんでいる美しい景色を堪能し、寝床に入る。シアンが眠る前に思い出すのは、マティアスのことだった。

マティアスはお忍びで度々セドリックの様子を見にきていた。もちろん、預かっている身としては挨拶しないわけにはいかない。だが、話し上手ではないシアンは、マティアスとどう喋《しゃべ》ったらいいかわからなかった。

話題に出すのは専らセドリックのことで、お互いにセドリックを見ながら相手の声を聞いている。

まるで日本の古き良き平安《へいあん》時代に御簾《みす》越しに会話をしている男女の関係のようだ。

シアンはとにかく下心が出ないようにとだけ注意をした。そうでなければ、聞き惚《ほ》れるような声に酔わされ、美しい顔を直視することなどできやしない。常に心臓はドキドキと忙《せわ》しなく動き、血液は沸騰しそうになっている。

フェロモンを出しているのは自分ではなく、マティアス殿下なのではないかとシアンは思う。

「はぁ……」

熱っぽいため息がこぼれる。別に恋をしているわけではない。ただ前世で恋をしていたときの気分を思い出すと、どうしてもときめきを隠しきれない。

さて、今日はどんなふうに話しかけようか。そう考えていたところ、久方ぶりに選択肢が現れ、シアンは驚く。

『マティアスに話しかける』『セドリックの世話をする』

「え？」

ジョブチェンジをした段階で、自分はゲームから外れたのかと思い込んでいた。でも、よくよく考えると、主人公でもない自分が悪役令息だったときに選択肢が現れた段階で何かがおかしかったのだ。猛獣使いの役目に没頭しているうちにすっかり頭から抜けていたけれど。

（ルート解放ってこのこと？　特殊なルート？）

ひょっとして自分はマティアスをはじめ攻略対象のキャラクターたちを攻略する立場になっていた

りしないだろうか。あまりにも都合のいい話が続いたため、そんな甘い考えが脳裏をよぎった。

（ダメダメ。まっとうに、これからは地味に生きていくんだ。そう決めたじゃないか）

シアンは頭を振った。

選択肢を無視することを考えた。しかしいつまでも目の前から消えないのが鬱陶《うっとう》しい。ちかちかと纏《まと》わりついてくるのが目障りだ。

仕方なくシアンは選択肢に向き合う。

マティアスに話しかければ、彼と交流することになりそうだから『セドリックの世話をする』方を選択してみる。

すると、思いがけずマティアスがこちらへやってくる。シアンが想像していたのとは逆だった。

もしかしてどっちを選んでもマティアスとの会話は免れないパターンらしい。

「シアン、おまえに頼みがある」

選択肢の意味——と、シアンは突っ込みたくなった。

「え……」

なぜ、名前を知っているのだろうか。

不安な顔を浮かべる彼の様子を察したらしいマティアスは、申し訳なさそうに口を開いた。

「悪いが、セドリックの件があるからな。店主にも話を聞き、こちらの方でも調べさせてもらった。

だが、心配することはない。もう、おまえは別人として生きているのだから」

シアンはほっと胸を撫で下ろした。そればかりか、労《いたわ》るようなマティアスの言葉に心が軽くなる。

彼が理解を示してくれた。そのことが嬉しくて、身体の内側がぽかぽかと温かくなる。

ああ、こういう懐の広さがマティアスのいいところだったな、と前世のゲームを思い浮かべていた。

「私は感謝もしているのだ。セドリックには手を焼いていた。しかし今はすっかり心穏やかにしている様子だな。礼を言う」

セドリックに触れながら、マティアスはシアンに微笑みかけた。

「そんな……僕は、何もしていませんよ。セドリックは最初からいい子でしたから」

つられて微笑むシアンに、マティアスが近づく。

「これから少し時間をもらえないだろうか？　ゆっくりおまえと過ごしてみたい」

いきなりの誘いに、シアンは驚き戸惑う。どういう意味が込められているのか、マティアスの顔色を窺う。すると、マティアスは続けて言った。

「少し遠乗りに出かけないか。セドリックと一緒に。私もまだ城に戻らなくていい口実がほしいのだ」

マティアスも息抜きをしたいと思うことがあるらしい。王宮内での彼の苦悩を慮《おもんぱか》りつつ、シアンは了承した。無論、猛獣舎の管理者も王子殿下からの頼みとなれば、断ることはしないだろう。ひょっとしたら既に話は通してあるということなのかもしれない。

しかし馬を借りねばなるまい。薬屋の店主のことを思い浮かべるシアンに、マティアスはかぶりを振った。

「私の前に」

マティアスがそう言い、シアンに手を差し伸べる。

「えっ」

「おまえを抱くくらい負担にはならない」

抱く……という言葉と、このあとの状況を妄想して頭が沸騰しそうになるのをなんとかこらえて、シアンは口を開いた。

「セドリックが嫌がりませんか」

「むしろ喜ぶと思うのだが……」

シアンは断る術を失い、先に馬に跨ったマティアスの手を借りることになった。

(こんなシーンあった気がするけど……主人公と)

まるで成り代わったかのようなご褒美クエストだ。

「では、参ろうか」

「はい」

マティアスの逞《たくま》しい胸と背に身を委ね、シアンは景色が移ろっていくのを眺めていた。ここから少し離れた小高い丘に湖がある。そこへ向かうことになった。当然、護衛はついてくるが、シアンにはもうマティアスと二人きりの世界にしか見えなくなっていた。

湖畔につくと心地よい風が草原を撫でていく。きらきらと陽の光に反射した湖面を眺めていると、マティアスがシアンの隣に立った。セドリックは水を飲んでいるところだ。

「こういうところにたまに来られるのですか？」

「ああ。視察も兼ねてという口実で、だな」

マティアスが悪戯っぽく言う。これまでも時間を見つけて息抜きをしていたのかもしれない。

「セドリックがいなくなって、心配したのではないですか？」

「そうだな。馬にも心がある。どの馬でもいいというわけではないからな」

「そうですね。セドリックは愛嬌《あいきょう》があって可愛いです」

シアンが笑顔を咲かせると、マティアスはつられたように微笑んで、それから真剣な表情を向けてきた。

「シアン、私はずっと考えていた。おまえとのことを」

「え？」

マティアスの綺麗《きれい》な指先がシアンの細い顎をついと引き上げた。

「私は、おまえを城に招きたいと思っている」

互いの視線が交わって、鼓動が小さく跳ねる。

シアンは息ができなくなりそうになる。いつ見ても、マティアスの琥珀がかったエメラルド色の瞳は綺麗だ。心ごと囚《とら》われてしまいそうだ。

「な、なぜですか」

ドキドキして頭が真っ白になりながら、シアンはマティアスを見上げた。彼の長い指先で触れられている顎の辺りがくすぐったくて、やがて甘く痺れそうになる。

マティアスは瞳を甘く滲《にじ》ませた。

「これからもセドリックの世話をしてほしいのだ」

「それは、僕としても嬉しいですが……セドリックは可愛いですし。でも……」

「セドリックだけではない。私は王宮に仕える専属の猛獣使いを吟味していたところなのだ。そこで、おまえを王宮で召し抱えたい。給金は希望額があれば言うといい。いくらでも望む額を出す。必要なものがあればなんでも用意しよう」

熱烈なスカウトに眩暈がした。

「そんな。恐れ多いです」

きっとマティアスがそれだけのことを言うのだから、一生生活できるくらいの給金を支払ってくれるつもりなのだ。願ってもない素晴らしい提案だ。誰もが即座に頷くことだろう。

しかし、シアンは何度も痛い目を見ている。何か粗相があったら首を刎《は》ねられることだってあるかもしれない。マティアスのことは好ましいしセドリックのことも可愛いが、とにかく王侯貴族にはもう関わりたくないのが本音だった。

「……とはいえ、腕前を披露してもらわなければ、城の者は納得しないだろう。王子であるとはいえ、私の一存では決められん。後日、詳細を伝えにこよう」

マティアスはそう言い、シアンから離れる。

きっと彼はシアンの困惑した空気を察したのだろう。しかし諦める気はないらしい。

「待ってください、殿下」

「店主とここの管理人にも手付金の支払いは済ませた。後日城から使いの者をよこす。どうかセドリックと共に待っていてほしい」

マティアスは強引に約束を取り付けると、近衛騎士や兵を引き連れ、去っていってしまった。

五感を狂わすような彼の甘やかな残り香だけがその場に留まる。

ドキドキと鼓動はいつまでも早鐘を打っていた。頬はじんわりと熱いまま。

（どうするんだ……これ）

断ることはできそうにない。否、これは命令なのだ。

突然のイベント発生に、シアンはおもいきり頭を抱えるのだった。

◇＊3　花嫁候補編

――王宮内。

第一王子マティアス・ブランシェは執務室から出ると、重々しくため息をついた。

七月の半ば、猛獣舎を訪れてから二週間ほど経過した頃だった。休みなく公務が続いていた上にひっきりなしに花嫁候補が送られてくることで、少々疲れていた。とくに主な原因は後者の方だ。

そんな彼の心情など一向に構わない様子で、第二王子レオンス・ブランシェは楽しげに兄マティアスに話しかけた。

「兄上、今度の花嫁候補はなかなかの別嬪《べっぴん》だったじゃないか。なぜ断ったりしたんだ」

「期待には応えられないからだ。興味がないのに気を持たせるのはよくないだろう」

マティアスが淡々と返事をすると、面白くなさそうにレオンスは鼻を鳴らす。

「もったいないなぁ。妾《めかけ》として召し抱えればいいじゃないか。日替わりで相手をしてやればいい。男でも女でも喜ばない奴はいないだろ」

快楽主義のレオンスらしい発言だった。

レオンスは常にふらふらと城下町を遊び歩いている。王位継承には興味がない。人好きする性格で、とにかく楽しいことが好きだ。遊び相手は貴族だろうが平民だろうが身分は関係がない。自分がピンときて気に入った者を相手にする。

恋愛についても、花嫁にふさわしいかどうかなど関係ない。彼は男としての本能を刺激し、満たしてくれる相手であれば誰でもいい。このところ夏の開放的な気候がより輪をかけて彼を堕落させているようだ。

しかしマティアスに何かがあったとき、一番に頼りになるのはレオンスなのだ。弟のこういった自由主義にはしばしば頭を痛めているマティアスだった。

「私は好いてもいない者を抱く趣味はない。王族の権力を盾にむやみに喰《く》い散らかすような、行儀の悪いことはしたくはないのだ。我々は民を守るべき特別な身分にある。そのことを常に留意しなければなるまい」

マティアスはレオンスを一瞥《いちべつ》し、苦言を呈した。

親愛なる兄から咎められたレオンスはやれやれと肩を竦《すく》める。

「はぁ。色恋と政治はまた別の話だろう。付き合ってみないと相性だってわからないもんだぜ」

「ならば、なぜ臣下はわざわざ花嫁候補を厳選しているのだ」

「それは、兄上がちっとも興味を示さないからだろ」

「その気にならないのだから仕方がない。臣下には悪いと思っているが……」

「そんな堅物な兄上も最近は何か興味を持ったらしいじゃないか。ジュストから聞いているぜ」

ジュストは近衛騎士で、マティアスとレオンスの乳母兄弟でもある。三人はいわば幼なじみの関係だ。今も親しく交流をしている。

「いなくなったセドリックが見つかったと言っただろう。猛獣使いのところにいたのだ。しばらく預けているから様子を見にいっているだけだ」

　淡々と事実だけを伝えるマティアスに、レオンスはつまらなそうな顔をする。

「ふうん。熱心に通い詰めていると聞いたから、とうとう兄上も好みの花嫁を見つけたのかと思ったんだが、違うなら残念だ」

「ああ。おまえはきっと猛獣使いのことなど、興味はないだろう」

　マティアスがさらりと流そうとしたことに、レオンスは目敏《めざと》く反応を示す。

「ん？　猛獣使い？　へえ。面白いじゃないか。興味がないなんて、会ってみなければわからないだろう。なぜ、俺から遠ざけようとするんだ、兄上」

　悟られまいとマティアスは表情を崩さない。

「おまえはいちいち絡んでくるから面倒だ。暇ならばジュストに構ってもらうといい」

「なあ、兄上が気に入らないのならば、あの別嬪をもらってもいいだろ？」

「あの者がいいと言うなら、おまえの好きにしろ。だが、くれぐれも無茶なことはするなよ」

　マティアスは気だるそうにそう言い、レオンスから離れた。

「無論、心得ているさ。俺は気に入った者にはやさしいんだ」

　ようやく納得したらしいレオンスは調子のいいことを言い残し、軽い足取りで王宮の奥にある離宮へと姿を消す。言っているそばから獲物を喰い散らかすつもりらしい。

「衛兵」

マティアスは待機していた衛兵の一人を呼びつける。

「は、何かご用命でしょうか」

「メイドに伝えよ。特別室の……湯殿の準備をしてくれと」

「御意」

衛兵が一人去ってから、マティアスはシアンのことを思い浮かべた。

彼のことを思うと、胸の中心が熱く滾る。一目でもいいからまた会いたくなってきてしまう。

彼は美しい青年だ。初めて出《で》逢《あ》った頃、奇跡の果実を目にしたかのような衝撃を受けた。どうしようもなく庇《ひ》護《ご》欲を掻《か》き立てられるような気分にさせられる。と同時に、マティアスは激しい独占欲を胸の裡《うち》に抱いていた。

それから、シアンのことが気になって仕方がない。度々猛獣舎に向かったのも、遠乗りに誘ったのも、彼に会いたいからだった。

彼は不思議な魅力のある者だ。愛らしい笑顔が魅力的なのに、たまにどこか寂しそうな顔をすることがある。天涯孤独だと言っていたことに関係するのだろうか。そう思い、何か力になってやりたいと調べたところ、侯爵家の息子だった。没落したあと、彼は独り立ちしたようだ。

動物と触れ合うときは心の底から幸せそうにしている。マティアスが声をかけると、頬を染めながらはにかんで笑ってくれる。もっと彼のことが知りたいと、マティアスは熱望していた。

（あれは――私だけのものにしておきたい）

弟にはいくらでも他の花嫁候補を譲ってよい。だが、シアンだけは別だ。そんなふうに心を突き動かされるのは、マティアスにとって初めてのことだった。

＊＊＊

マティアスから予告されていたとおり、二週間後には城から使いの者がやってきて、シアンは正式に王宮専属の猛獣使いのテストを受けることになった。

城の護衛に囲まれ、シアンはセドリックに跨って王宮への道を行く。

しかし、内心複雑だった。

（はぁ。城から逃げ延びたと思ったのに……）

猛獣使いになるための必要な資金はすべてマティアスが支援してくれた。店主には勤め先が見つかってよかったですね、と言われたが、全然よくない。地位や称号や名誉よりもほしいものがシアンにはあったのだから。

それは、平凡ながらもささやかな安寧の日々だ。

（わざと失敗するなんてことは、まあ無理だろうし）

王族の人間を危険にさらすことはできない。それこそ打ち首にされてしまう。それに、自分の身に授かった猛獣使いのスキルはすっかり定着している。余程のことがない限り、失敗することはないだろう。

憂鬱でため息が出る。

ただ一つだけ希望を抱くとしたら——。

マティアスがどんなふうに過ごしているのか、側で見てみたい気がした。できることなら、彼と一緒にまたセドリックを囲んで穏やかな時間を過ごしたい。

マティアスに触れられた顎の辺りにまだ微熱が残っているみたいにじんじんする。ゲームで攻略したときみたいに、やさしく恋人として扱われ、彼の腕の中に包まれたらどんな心地がするだろうか。

（さすがにそれは無理だろうけど……）

軍服に身を包んだ彼の立ち居振る舞いは麗しく、次期国王にふさわしい貫禄《かんろく》に包まれている。それこそモブになって彼の一挙一動をただただ眺めていたい。いや、モブじゃなくて壁でいい。

湯殿に浸かった彼は濡れた獣のように美しく、寝所での彼の寝姿はさぞ匂い立つような色気がありそうだ。シアンは前世で出逢ったマティアスとこの世界で出逢った彼を比べ、ついついそんな妄想を脳裏に浮かべてしまう。

ゲームの中では、主人公が花嫁候補として王宮に迎えられるのだ。羨ましいことこの上ない。

はぁ、と熱いため息がこぼれる。

（でも主人公には今まで出会ってないんだよな）

そう。これまで主人公の存在が確認できていないので、ひょっとしたらこの特殊ルートは、シアンのために解放されたのではないかと淡い期待さえ抱きそうになる。

（また性懲りもなく……ダメ。考えるな）

どんなものかも把握できていないうちから決めつけるのは危険だ。甘い考えをなんとか打ち消し、シアンは改めて身を引き締めた。

護衛に囲まれ、セドリックに乗ったシアンは鉄柵に囲まれた城の正門をくぐった。

途中、迂回《うかい》して騎士の詰め所の脇にある厩にセドリックを預け、別れを告げてから宮殿の正面玄関へと行く。

クラウディア宮殿の豪奢な造りに、シアンは感嘆のため息をついた。

左右対称の立派な庭園の先に、白亜の宮殿が広がっている。中央には噴水がきらきらと眩い光を放ち、獅子と剣と天秤の王家の紋章を記した旗が掲げられ、古代の王の石像が空を仰いでいた。

侯爵令息だった頃だって父と一緒でなければそうそう訪れることはなかった。そればかりか、一ヶ月ほど前には、地下の牢屋に閉じ込められていたのだ。釈放されて出て行ったはずだったのに。また戻ってくるなんて、とシアンは妙な気分になってしまう。

城の中へと入ると、側にいた騎士から国王との謁見を待つようにと命じられ、迎えにきた侍従によってシアンは応接の間に通された。

落ち着かない気持ちで猫足のソファに浅く腰かけていたところ、外にいた衛兵がドアを開いた。誰かの足音が勢いよくこちらへと近づいてくる。

シアンが顔を上げると、その相手と目が合った。

「へぇ。あんたが兄上の認めた猛獣使いか？」

黒い軍服を着たその人は――第二王子レオンス・ブランシェだった。彼は興味深そうにシアンの顔を覗き込む。距離感の近い彼に驚いて、シアンは顎を引いた。

（第二王子、レオンス殿下。マティアス殿下の弟君……！）

硬質な輝きを纏う黒髪、意思のはっきりした眼差しには、好奇心旺盛な表情が覗いている。琥珀がかった灰褐色の宝石のような瞳が特徴的だ。

前世のゲーム情報のままであれば、彼は王族一の遊び人と名高い。奔放なところは玉にきずだが、兄を心から慕い、弱い者を守ろうとする気概はある。マティアスの包容力とはまた違った男気のあるところが魅力だ。

周りからは常に兄と比べられてきた彼は、なんとなく共感を感じていた人物である。しかし彼は、劣等感など抱かず、自分の立場を見極めた上で、兄を立てている。やるべきところはやる男だ。

やんちゃなところが王族らしい気品とは離れているが、それも愛嬌に見えるらしく、人懐こい彼は老若男女からモテる。

前世で彼を攻略したときのことを思い返すと妙に意識してしまい、心拍数が上がっていくのを感じながら、シアンは頭を振った。

（今は、前世とは違う。どうやら特殊ルートが解放されたらしいのだから）

改めて新たな運命を見定めるよう、シアンは姿勢を正す。

「お初にお目にかかります。レオンス殿下。私はシアン・グリエット。猛獣使いにございます」

恭しく挨拶をすると、

「ああ、シアン、よろしくな。固いことはいいんだ。さっそく腕前を見せてくれないか」

がしっと肩をいきなり抱かれ、シアンは目を丸くした。

「え、でもっ……」

シアンは戸惑いながらレオンスを見た。

「陛下はご多忙だ。兄上は公務が長引いているらしい。この分だとおまえは夜まで延々と待たされるぞ」

「それは仕方ないことですし……」

「それじゃあ退屈でつまらないだろ。その間、俺がおまえの相手をしてやるよ」

ほら、と鍵をちらつかせ、ウインクを浴びせられた。いつの間に手に入れていたのか。マティアスが困るのではないだろうか。そんな質問を浴びせる暇もなく、まるで荷物のようにずるずると連行された。

強引なところを含めて彼の俺様弟王子様の属性は変わらないらしい。

いきなりのイベント発生に、シアンはあたふたするばかり。

（選択肢の出番はいつですか――！）

従者たちもレオンスのすることには口を出せないのだろう。シアンはそのままレオンスに連行され、王宮内の猛獣舎へと案内されることになったのだった。

＊＊＊

王宮の猛獣舎は宮殿の裏庭から出ると、本宮と離宮のちょうど間にある中庭と温室の隣に設《しつら》えられていた。

中に入ると、檻《おり》に入った猛獣たちが顔を覗かせた。

さすが王宮の猛獣舎は他と比べ物にならないくらい立派だし広大だ。一つの動物園をすっぽりおさめたくらいの規模だ。無論、この世界に動物園やサーカス団は存在しないが――。

シアンがそろりと足を踏み入れた途端、猛獣たちはかりかりと檻に爪を立てたり、唸り声を上げたり、うろうろと動きはじめ、シアンを歓迎する声が響いていた。小動物の小屋からはきゅうきゅうと甘える声もどこからか聞こえてくる。

「すげぇな。兄上や俺が入ると萎縮したり警戒したり静かになるもんだが、おまえが入った途端に歓迎ムード一色だ。さっそくこいつらに気に入られてるぞ。よかったな！」

レオンスは感心したように言った。素直に喜ばれると、なんだかくすぐったい。強引だが憎めないキャラクターだな、とシアンは脱力する。

「それでも、初対面の子をすぐに檻から出すのは危険ですので、できれば小動物から慣らしてもよろしいでしょうか」

「もちろんだ。おまえの好きにしていい。俺は面白いものが見られればそれでいい」

楽観的なレオンスのそういうところは助かる。緊張が少しだけ和らいだところで、鳥かごの鍵を開け、うさぎ小屋を解放する。

「何か道具は使わないのか。よく猛獣使いが鞭《むち》や笛を鳴らしているよな？」

「僕は何も使いません。身体を使って合図をし、声で伝えます。それから……匂いを嗅がせる」

「匂い？」

ぴくりと、レオンスが反応を示す。興味深い話題だったようだ。しかしフェロモンの属性を話すわけにはいかない。それとなく、猛獣使いらしい振る舞いをするのがシアンの仕事だ。

「ええ。僕を覚えてもらうんです。動物たちに、ほら、おいで——」

鳥はシアンの肩に乗り、楽しそうにお喋りをする。うさぎは整列し、ぴょこぴょこ飛んだ。

次に大きめの虎の檻からゆっくりと慣らしていき、シアンは虎の上に乗ってみせた。

感心というより放心といった感じで、レオンはシアンがすることをマジックのショーでも見ているかのように眺めては見事だ、と手を叩《たた》いた。

「これだけできれば合格に違いないな」

手放しで褒めてもらえたことが嬉しい反面、なんとなくチート属性を活用したことが申し訳ないような気になってくすぐったくなる。

それから動物たちを元の檻や小屋に戻したあと、レオンスはシアンに近づき、おもむろに匂いを嗅いだ。

「で、殿下……近いです」

「不思議だからだ。一体どうなっているんだと思ってな」

まさか王子を突き飛ばすわけにもいかず、他の動物がそうするようにレオンスに匂いを嗅がれるまま身を硬くする。

「あ、あの、くすぐったいです」

いつまでこうして仁王立ちしていればいいのか。

執拗に匂いを嗅がれると変な気分になってしまう。そわそわ落ち着かなくなりシアンが身を震わせると、レオンスは何かに気付いたらしい。

「ん？　この模様は……」

うなじの辺りを触れられ、びくりと戦慄《わなな》く。何か静電気のような小さな淡いショックが起きたのだと思っていた。

ところが、そうではなかった。手首の刻印がいつもよりも赤く浮かび上がる。刺激を受けたからだろうか。

しかしそれ以上の違和感は自分の身体とは別のところで起きていた。

レオンスの息が不自然に荒くなり、いきなり苦しみはじめたのだ。さらに強く鼻先を首筋に擦りつけてきた。

「待て……不可抗力だ」

「え？」

レオンスの顔が火照っている。耳の辺りで喘がれ、シアンは驚いてレオンスの胸を押し返した。

「レオンス殿下？　どうなさったんですか？　どこか具合が？」

「おまえ……は、一体……」

琥珀がかった灰褐色の色の瞳が、燃えるような緋色に変わる。その色の変化を見て、シアンはあの謎の魔術師のことを思い出した。

次の瞬間、シアンは自分の目を疑った。

レオンスが人から黒い獣――黒豹《ひょう》の姿へと変わったからだ。

（嘘――）

驚き息を呑む。頭が混乱する。第二王子レオンスの姿はどこにもない。

目の前にいるのは狂暴な欲望をあらわにした黒豹だけ。琥珀がかった灰褐色の瞳はレオンスのものと似ている。その瞳は怪しく揺らめき、尻尾を揺らしながらシアンへとにじりよる。

恐怖による危機感がシアンの中にこみ上げてくる。

「レオンス殿下？　僕のことがわかりませんか？」

ゆっくりとうしろに下がりながら問いかけた。しかし対話は無理のようだ。彼に問いかけは届かない。それればかりか、黒豹は咆哮《ほうこう》を一つ落とすと、いきなりシアンに襲い掛かってきた。

逃げなければ、という反応が遅かった。シアンは背を向けた途端うつ伏せに倒されていた。背中から覆いかぶさられ、シアンは身動きがとれなくなった。黒豹が四肢を絡ませてくる。組み伏せようとしているのだ。

まずい。マウントをとられまいと猛獣使いのスキルに頼ろうと試みる。

しかし念じてもそれは無効だった。

（どういうこと――）

他の動物たちに見られる行動を逸脱している。呼気が荒い。黒豹は発情しているのだ。そう察知するのに時間はかからなかった。

背面から黒豹が息を荒くして圧《の》し掛かってくる。獣の狂暴な本能のリミッターが外れる発情期は、人の手では抑えつけられるものではないことをこのときシアンは思い知らされた。

シアンの顔から血の気が引く。

蹂躙《じゅうりん》される。喰われる。命を奪われる。そんな恐怖がよぎった。声を上げなくちゃだめだ。

「誰か――っ」

猛獣使いになってから……否、前世も現世もひっくるめて、手を伸ばしてくれる人を知らなかった。

シアンは今このとき初めて他者に助けを求めた。それは「今度こそ生きたい」という証かもしれなかった。

そのとき、横からどんっという衝撃が走った。シアンを圧《お》し潰していた黒豹が悲鳴らしきものを上げて倒れる。

シアンはおそるおそる振り向く。

激しい衝撃を受けたせいなのか、黒豹の姿はレオンスの姿へと戻っていた。ぴくりとも動かない。死んだのではないだろうか。心配になった。

「大丈夫か!?」

助けてくれたのは、マティアスだった。彼は剣を鞘《さや》に納めた。しかしレオンスから血が流れる様子はない。峰打ちだったようだ。

すっかり腰が抜けてしまったシアンは自力で起き上がることができず、マティアスが伸ばしてくれた手に捕まった拍子によろめいて彼に抱きついてしまった。

「……っごめん、なさい」

「謝らねばならないのは私の方だ。遅くなったばかりに、怖い想いをさせてすまない」

「レオンス殿下は一体……どうしてこんなことに」

「あいつのことは大丈夫だ。気絶しているだけだ。おまえに怪我はなかったか？」

シアンは無言のまま頷く。

マティアスはしがみつくシアンの頭をやさしく撫でて、まるで子をあやすように背中をさすってくれる。力強い腕に抱かれていると、少しずつ気持ちが落ち着いてくる。けれど、まだ身体の震えがおさまらない。

猛獣使いになってから動物たちは皆味方なのだという驕《おご》りがどこかにあったかもしれなかった。歓迎してもらえたからといって警戒心をすべて解いてはいけなかった。

それにしてもさっきのレオンスの行動を振り返ると、目の色の変化といい、ありえないことが多すぎる。

レオンスの目の色が変わったとき、あの謎の魔術師のことが一瞬思い浮かんだ。彼らは何か関係しているのだろうか。

息を吸ってゆっくり吐いて、何度か深呼吸をしてどうにか気持ちを落ち着かせたあと、シアンは今起きたことを整理する。

「レオンス殿下は、ひょっとして何か特別な呪いにでもかかっているのですか？」

シアンがそう尋ねると、マティアスが長い睫毛を伏せる。

「……不甲斐ない。未熟な弟を赦してほしい」

そう言ってから、シアンの身体を離した。

「しばらくすれば、あいつは目を覚ますだろう。おまえにはこの件について、説明をしておかなくてはならないな」

どうやら、マティアスは事情を知っている。こんなことは前世のゲームでもありえなかった。これが特殊ルートの展開なのだろうか。

それよりも今は、混乱する気持ちを落ち着かせるのが優先だった。

＊＊＊

猛獣舎から離れると、シアンはマティアスに付き従い、ある部屋の前に案内された。

部屋の前には二人の衛兵が左右に待機しており、マティアスに敬礼する。衛兵らの手により緻密な意匠が彫刻された両扉が開かれ、素晴らしい調度品の数々と広々とした空間が目の前に広がった。

奥の天蓋付きのベッドは獅子の眠りを約束するように落ち着いた色のレースが垂らされていた。その前には深紅の猫足のソファが置かれている。マティアスはその中央に座った。どうやらここは彼の私室のようだ。

呼び鈴一つですぐにメイドがお茶を持ってくる。

シアンは緊張しながらマティアスと対面するように一つのテーブルを挟んでソファに腰かけた。

その後、人払いをしてから、マティアスは本題に入った。

「まずは先ほどの非礼を詫びたい。危険な目に遭わせてしまい、申し訳なかった」

「いえ。僕も迂《う》闊《かつ》でしたから」

「いや。レオンスが無理矢理さらっていったのだろう。だいたいのことは察しがつく」

マティアスはそう言い、深々とため息をつく。

「シアン、専属の猛獣使いを招きたいと言ったことは覚えているか？」

「はい」

シアンは頷く。

「誰でもよかったわけではないのだ。ああいうことがあるからな。適性を見ていたのだ」

「では、テストするまでもなく、僕では力不足ということですよね」

「いや。そうではない。逆ではないかと思う」

「逆？」

シアンは首を傾げる。

「順を追って話そうか」

マティアスは一瞬迷うような表情を浮かべたあと、シアンの方をまっすぐに見た。

「まず、おまえに聞きたいことがある。さっきおまえは呪いがどうという話をしていたな？　何か覚えはあるのか？」

不意に、謎の魔術師のことが思い浮かんだが、あれ以来、彼の姿を一切見ていない。

謎の魔術師のことに触れれば、種と花、ジョブチェンジやスキルのことまですべて話さなくてはならなくなるだろう。店主にも迷惑をかけることになる。

なんとなくだが、特殊ルートが何なのかわからないうちに、こちらの手の内を見せるわけにはいかない気がする。少なくとも、シアンが前世で見聞きした攻略情報に、人外になる呪いなどというテーマはなかったはずだ。

唯一解放できなかったのはトゥルーエンドと隠しルート。しかしそれはあくまで主人公側のルートでしかない。そもそも悪役令息のシアン・グリエットが主体のルートはないはずだ。

転生したことで歪んだのか、ジョブチェンジをしてさらに歪んだのか、今どんな状況なのかはプレイヤーでない限り、確認することは不可能だ。

今のシアンはこの世界の盤上のコマでしかない。そして、シアンの行動一つで、マティアスをはじめとする攻略対象の未来が変わるかもしれない。シアン自身も巻き込まれるかもしれないのだ。

慎重に動かなくては。

せっかく第二の転生人生を謳歌しようと決めたのだから。

「――いえ。ただそんなふうに思っただけです」

今のところシアンは当たり障りなく答えるほかになかった。

そうか、とマティアスは残念そうに言った。

「確かに、おまえが指摘したとおりだ。我々王家には獣憑《つ》きの呪いがかけられている」

「獣憑きの呪い……？」

シアンは眉間に皺を寄せた。やはりそんな情報は初耳だった。

「今のところ原因はわからない。主に花嫁を迎える資格を得られた青年期になると発症する。リミッターが外れると、人外の姿になる。レオンスは黒豹の姿になっていただろう」

我々王家……という言葉に、シアンは反応する。

ということは、レオンスだけではなくマティアスもそうなりうるということだ。

「そのリミッターが外れないよう、私もレオンスも訓練を重ねている。日常では起きない。だが、どうやらフェロモンによる強い刺激を受けると、あのような変化が起こるのだ」

「フェロモン……」

「ああ。だが、獣化しても滅多に人を襲うことはない。理性もそこには存在する。特別な、激しい情動がない限りは……」

そういえば、あの時、手首の刻印が強く反応を示していた。首筋に鼻を埋《うず》めていたレオンスの尋常ではない様子を考えると、獣たちに効果のあるフェロモンの属性が、レオンスに効いたということなのかもしれない。

フェロモンを感じやすい獣憑きの呪いと、フェロモンの属性を持つ猛獣使いの波長が合ったのか、二つの条件が引き合った結果、あの状態を引き起こしたということだろうか。

もっというと、解放されたルートでは、シアンはそういう運命に引き合わされ、王宮に呼ばれたということなのだろうか。

「おまえには特別な何かがあると見ている。セドリックの件、猛獣の件、そして先ほどのレオンスの件。この三件はおまえの周りで起きている。だから、解明できる何かヒントが得られるような気がしているのだ」

シアンはぎくりとした。今しがた考えていたことだったからだ。

猛獣使いのスキルを獲得し、フェロモンの属性がつけられたこと、謎の魔術師が関わっていること、それは打ち明けてもいいことなのか、すぐには判断がつかない。

もし謎の魔術師と繋がっていると知られたときに、国家にとって危険な存在と判断されてしまうかもしれない。シアンはやはり今のところは黙秘するしかない。

（もっと追及しておくべきだった……）

霧のように消えた謎の魔術師がにくらしい。こうして引き合わせた諸悪の根源であるかもしれないのに。どこにいるかもわからないし咎めることもできない。たとえまた会う機会があっても礼を言う気はなくなった。

複雑な顔をしているシアンの様子を察したらしい。マティアスは追及することなく話を続ける。

「我々は、この呪いをどうにかして制御したいと考えている。このままでは王位継承の問題にも発展しかねない。いまや純血の継承者といえるのは私とレオンスだけ。皆が安心を求めているのだ」

疲れたようにため息をついてから、マティアスは話を続けた。

「国家が揺るげば、他国の領土争いに巻き込まれるかもしれない。これはけっして杞憂ではない。かつての歴史ではそのような憂き目に遭ったことがある。常に最善最悪を考えて行動したい。国のためにも我々は王族の血を絶やすわけにはいかないのだから」

マティアスの表情からは苦悩が見てとれた。

人外であることを明かせば花嫁は逃げてしまう。たとえ元が人であると説明されても、獣と交わるなんて普通に考えたら冷静に受け入れられるはずがない。よほど愛していなければ。否、愛していたとしても、躊《ため》躇《ら》わずに受け入れられる方が稀《まれ》だろう。王位継承者としての切実な悩みであることは容易に想像ができる。

「王宮の者が頭を悩ませ、花嫁候補を見繕い、何人か連れてくる。花嫁ができれば呪いが解けるかもしれないと信じているのだ。そうでなくても世継ぎとなる子は必要だからな。もういっそ獣化を隠して結婚するしかないと言う。だが、あの姿になればおしまいだ。秘密を知った者をいたずらに消すわけにはいかないからな」

そう冷酷に告げた上で、マティアスは次期国王たる威厳をもって、その視線がシアンをまっすぐに射《い》貫《ぬ》いた。

「これは重大な国家秘密だ。けっして外に漏らすわけにはいかない。その意味はわかるな？」

シアンはどきりとした。そして静かに頷く。

王子が人外だなんていう王宮の秘密が外部に漏れたら、とんでもないことになる。国家が揺らぐことは必至だろう。それを阻止するためにはこのあとシアンが口封じのため処分されることだってありえるのだ。背中にうすら寒いものが走った。

マティアスはシアンの強張《こわば》った表情を見て、緩く首を横に振った。

「案ずることはない。秘密を知ったからといっておまえをどうにかしようとは考えていない。セドリックの件も踏まえ、この一ヶ月様子を見させてもらっていた。信頼に値すると思っている。だから、おまえを猛獣使いとして城に招いたら、この話を打ち明けるつもりでいたのだ。何かのヒントを得られるかもしれない。救世主になるかもしれない。そんな予感がした。だから、おまえを呼んだのだ」

マティアスは説得する。猛獣使いとしてだけではなく、シアン個人にも力を貸してほしいと言う。

彼の焦がれるような熱視線に、シアンはどうしていいかわからなくなる。切迫した望みは痛いほど伝わってくる。協力できることがあればしたいとは思う。ただ、一つの懸念がシアンの中に芽生えていた。

「救世主だなんて……恐れ多いです。僕の存在が、なんらかのリミッターを外すきっかけとなったのなら、逆効果になりませんか。さっきのこともあるし……」

刻印に触れた途端、おかしくなってしまったレオンスの状態。彼の眼《め》の色。逆に刺激になってはいないだろうか、と。

「確かに、レオンスがああなったことには驚いた。滅多に起こることではないのだ。特に、あいつは獣化を制御するため、少しずつ発散しているようだったのでな」

言葉どおりの意味を想像してしまい、なんとなく赤面するシアンに、マティアスはやや気まずそうにすまない、と言い添えた。

「えっと、マティアス殿下は、その、大丈夫なのですか？」

なるべく想像しないようにシアンは尋ねる。心の中ではこれはあくまで事務的な質問、と自分に言い聞かせていた。

「私はあいにく色恋事には疎い。それが功を奏しているのかもしれんな。むしろ、この状況に辟易《へきえき》しているせいか、花嫁を迎えるような気持ちになれていない。そこが一番の問題だ」

マティアスはきまり悪そうに言った。

彼は泰然自若としており、自らの言動を律することのできる男だ。一方で恋愛面においても堅物な面があるのはシアンも攻略しているからわかっているし、一緒に過ごした時間の中でも感じることはあった。

それ以上に彼は気持ちが萎えているということなのだろう。それでは王宮の者が心配するのも無理はない。

「花嫁問題は無視できないことはわかっている。私はいずれ王位を継承しなければならない。皆を安心させてやらなければならない。そこでおまえには今まで以上に助力を願いたいと考えたのだ」

　それは、つまり王室に深く関わることを意味する。猛獣使いとして雇われるだけではなく、王家の懐に入ることになるのだ。平凡な安寧を求めていたシアンの意思に反することになる。

　困っているなら助けてあげたいと思う。マティアスはセドリックの件を不問にしてくれただけではない。猛獣使いになるための資金を援助してくれた。恩返しをする義理はある。

「おまえが快適に過ごせるよう、こちらで取り計らうつもりだ。その点は何も心配は要《い》らない。なんでも望みがあれば言うといい。叶えられる限りのことを尽くすつもりだ」

「僕が、もし断ったらどうするんですか」

「きっとおまえなら引き受けてくれると信じているからこそ、この話をした。わかってもらえないだろうか」

　ずるい、とシアンは唇を噛む。そんな切実な顔をされてしまうと困る。

秘密を外に出すつもりはないとシアンが口では言っても、本来それだけの国家秘密を守るためには口封じされてもなんらおかしくはない。

けれど、マティアスはシアンを信頼してくれているのだ。あくまでシアンに返答を委ねてくれている。そういう彼の想いを無下にはしたくない。

　困った。どうしたらいいものか。

シアンが考えあぐねていると、久方ぶりに目の前に選択肢が出現した。

(えっそんな。ここで——!?)

すっかり頭から離れていた。よりにもよって悩んでいるときに!

『王宮で働く』『申し出を断る』

その選択肢はいつもと違った。砂時計のマークが出現したのだ。五秒以内に選択しなくてはならないところだったらしい。タイムカウントがはじまっていた。

そんな仕掛けがあるなんて聞いてないし、記憶にない。背中に汗が流れていく。どうしよう、どうしよう、とシアンが慌てふためいている間にも最初に点灯していた『王宮で働く』の方が自動で選択され、目の前から消えていく。

遅かった、とシアンは目を瞑った。

けれど、それでいいのだと思い直す。

きっと時間制限がなくても、王宮で働く方を選んでいた。猛獣使いとしての使命感か、あるいは呪いに関する好奇心か、それともその両方か。

それ以上に、マティアスが正直に向き合ってくれ、その上で頼られることが心地よかったのだ。

(この人の側にもう少しだけ……いてみたい)

それが、シアンの本心だった。

「おまえならばそう言ってくれると思っていた」

マティアスが期待を込めた眼差しでこちらを見る。信頼を預けてくれる彼の気持ちが嬉しかった。

誰かに必要とされることや認められることがなかった前世の痛みが、このとき少しだけ和らいで昇華していくような気がした。

「まだまだ未熟な僕では、務まるかはわかりませんが、どうかよろしくお願いします」

「そんなことはない。頼りにしている。何か困ったことや不自由に感じることがあれば、気兼ねなく言うといい」

和やかな空気の中、互いに笑顔になって握手を交わそうとしたところで、急に外が騒がしくなった。衛兵が制止する声を振り切り、いきなりドアが開かれた。

やってきたのはレオンスだった。

「ノックくらいしたらどうだ」

呆れたように言うマティアスをよそに、レオンスは決まり悪そうな顔をし、こちらにやってきた。

「シアン、さっきは悪かった。おまえが無事で何よりだ。このとおりだ。申し訳なかった」

レオンスは深々と頭を下げた。彼は見たところ元通りのようだ。気持ちのよい謝罪に、シアンの方が逆に恐縮してしまう。貴族はもっと横柄な人が多いというのに。

「そんな。大丈夫でしたから。レオンス殿下が回復されて、僕も安心しました」

シアンがそう告げると、レオンスはぱっと顔を上げるやいなや、シアンの手を握ってきた。

突然のことで驚くシアンに、レオンスは熱っぽい眼差しを注いでくる。

「気に入った。おまえは俺の花嫁になれ」

そう言うレオンスは、まるで初めて大陸を発見した冒険者のような希望に満ち溢れた恍惚《こうこつ》とした表情をしていた。

「なっ」

絶句したのはシアンだけではない。マティアスも同じだった。まさか弟がそのような行動に出るとは思わなかったのだろう。固まってしまっている。

（どうしてそうなった――!?）

さっきの選択肢で第二王子のルートに入ったということなのだろうか。そう焦っているシアンを尻目に、マティアスが立ち上がる。そしてシアンの腕を引っ張り自分の腕に抱き寄せた。

「わわっ」

ぽすっとマティアスの逞しい身体に顔が埋まった。突然抱きしめられ、シアンはパニックだった。

そろりと見上げると、マティアスはおもいきり不機嫌そうな顔をしていた。

「だめだ。シアンには手を出させない。おまえの花嫁にするつもりはない」

そう言うマティアスの腕や手に少しだけ力が籠る。それでも痛くならないように配慮する彼のやさしさが感じられて、シアンはドキドキしてしまう。

「なぜだ。兄上が花嫁にするつもりだからか？」

レオンスは口惜しそうにシアンを見つめている。

「……そういうことを言っているのではない。私にはシアンを招いた者として、彼を守る責務があるのだ」

　僅かなマティアスの動揺に、レオンスが総攻撃を仕掛ける。

「もっともらしいことを言っているが、俺は知っているぞ。シアンの元に何度も通っていたではないか。あれは、どうしているか気になって顔が見たかったからだろう？」

「……それは、猛獣使いを探していたからだ」

「いいや。シアンを猛獣使いだけにしておくのはもったいない。こいつには魅力があるんだ。そう思っているだろう？」

「シアンが魅力的なのは、私が一番知っている。この目で見てきたのだ」

　珍しくマティアスがむきになっていた。

「じゃあ、なぜ兄上は隠すのだ。恋をしているのならはっきりさせた方がいいぜ。俺たちが花嫁探しをしていることは、周知の事実なのだからな。シアンが相手だって別に構わないだろう。獣憑きの俺たちのセクシャリティは雌雄を問わないんだ」

　いつの間にかはじまった兄弟喧嘩《げんか》に巻き込まれ、シアンは右往左往する。まるで恋人を取り合うかのようで、間に挟まれるシアンとしては、彼らの発言が恥ずかしくてたまらない。もういっそ耳を塞いでしまいたかったが、マティアスの腕に抱かれているから自由がない。

「恋などと……簡単に口にするものでは」とマティアスは顔を赤くして言いかけたあと、シアンが困惑しているのに気付いてハッとしたらしい。咳払《せきばら》いを一つ落とし、すぐに兄の顔に戻った。

「レオンス、おまえは物事の順序、遠慮や配慮という言葉を覚えるべきだ」

「はぁ。兄上の説教はいい加減聞き飽きたよ」

子どものように拗ねるのは弟君らしい。俺様の彼も兄には歯が立たないようだ。

「とにかく今はシアンと話をしている。こちらが招いている側なのだ。これ以上、失礼があってはならない。おまえは下がれ。よいな？」

マティアスは弟のレオンスと違い、すぐに自制心が働くらしい。自分の感情だけを優先しない。王たる気質にはこういうところも大事な部分だろう。

「はいはい。承知しましたよ」

レオンスは肩を竦め、それから渋々と部屋の外へ向かった。しかし諦めきれなかった様子で振り返ると、シアンに熱視線を送った。なんだかまるで最初に出逢った頃のセドリックみたいだな、とシアンは思った。

「いつでもその気になれば俺のところに来るといい。兄上に振られたら、俺が慰めてやるからな。それだけは覚えておけ。じゃあな、シアン」

そう言い残すと、レオンスはマティアスから叱《しか》られないうちにさっさと撤収していく。

残されたマティアスとシアンが気まずい空気になるだろうということも彼は考えていないのだろう。

突然の来訪者にすっかりかき回されてしまい、嵐のあとの静けさが、部屋の中に残されていた。

「まったく、困った奴だ。しかし悪気はないのだ。あれは昔から好奇心の塊で、私も手を焼いていたものだ」

「それでも見捨てたりしない。あなたはとてもよい兄上ですね。マティアス殿下」

ふと、シアンは前世のことを思い浮かべていた。自分の兄はマティアスと同じようには愛してくれなかった。彼が兄だったらよかったのに。

マティアスが衝撃を受けたような顔をしていた。そのことに気付いたシアンは慌てて訂正する。

「ご、ごめんなさい。大変申し訳ありません。一介の猛獣使い風情が、殿下に失礼なことを申し上げてしまいました」

勝手に上から目線で語ってしまったことを恥じて、頬にうっすらと熱を持つ。焦りながら謝ると、マティアスはいいや、と首を振った。

「いいのだ。おまえには私の前では普通でいてほしい。あの日、出逢ったときのまま。セドリックと一緒に過ごしているときのように、素直に笑顔でいてもらえたらいい」

マティアスが手を伸ばし、指先で軽くシアンの頬に触れる。魔法にでもかけられたかのように、シアンの胸はキュンと音を立てる。燃えるような熱がこみ上げ、彼の頬をさらに赤く染めてしまう。

「ああ、すまない」

と、彼はシアンをようやく離した。少しだけ照れているのか耳だけ赤い。大人の表情の中に見え隠れするそういう部分がなんだかどうしようもなく可愛く思えてしまった。

（こういうところ、困る……）

マティアスが人外になったらどんな姿になるのだろうか。その質問をすっかりし損ねてしまっていた。

＊＊＊

王宮での待遇は素晴らしいものだった。王宮専属猛獣使いという肩書きがあっても使用人という身分に違いはないと思っていたのだが、マティアスはシアンを特別ゲストとして扱うことを決め、王族が住まう宮殿の中でもより上質な部屋を用意してくれた。

そこはマティアスの私室にも近い場所だった。何かあればすぐに対話が可能になる。部屋の前には当たり前のように衛兵が待機していた。警護と見張りのどちらもの意図があるのだろう。

王宮に招かれた日は、王宮内の案内を侍従にしてもらい、休憩ではお茶の時間をゆっくりと過ごした。猛獣舎を再び見学してから、夜は立派な食堂でごちそうをいただいた。

翌日、ふかふかのベッドで目覚めたシアンは、今日までの目まぐるしい環境の変化を、自分の中で整理していた。

（さて、これからどうすべきか……）

シアンは表向きは王宮専属の猛獣使いとして任命されたが、裏側の事情を解決するキーパーソンとして召し抱えられたわけだ。

王子二人には獣憑きの呪いがかけられている。そのせいで花嫁が見つからない。花嫁を迎えることが解呪の鍵になるかもしれないが、肝心の花嫁候補に拒まれてしまえば、王子たちには為す術がない。だから猛獣使いのシアンに助けてほしい、という話だ。

（そうは言ってもなぁ……何の役に立てるんだろう？　猛獣の生態を把握するとか、このスキルのこととか……？）

猛獣たちに懐かれることはあっても欲情されることは今までなかった。それが、純粋な獣と獣憑きの人間との違いなのだろうか。まだ、わからないことの方が多い。

レオンスは我を失ったせいで刻印のことについては覚えていない様子だった。フェロモンの刻印のことはいずれ話をしなければならないだろう。だが、今は信頼関係を築くことに徹した方がよさそうだ。

マティアスやレオンスがよくしてくれる気持ちはありがたいが、王宮内が必ずしも一枚岩であるとは限らない。都合よく利用しようという者が現れないとも限らない。それに、あれ以来姿を現さない謎の魔術師のことが気がかりだった。

種と花、猛獣使いのスキル、フェロモンの属性、そして獣憑きの呪い。呪いに悩む二人の王子と、王宮に招かれたシアン。これは何を意味しているのか。どんな未来へと導かれるのか。

元々『シークレット・クラウンテイル』は、主人公が攻略対象に見初められ、花嫁候補として王宮に上げられる物語が主軸となっているわけで――。

（っていうことは、新しく解放されたルートは、悪役令息のシアンが主人公に成り代わり、王子の花嫁候補になることだったりする？）

甘い考えが浮かんだ途端、シアンはため息をついた。そんな都合のいいことがあるはずがない。

「僕は相談役として召し抱えられた。引き続き、王子様たちは花嫁候補を探しているっていうんだから、違うよな」

マティアスのことを想うと胸にちくりとしたものを感じる。

花嫁候補といえば、攻略対象の三人目である近衛騎士ジュストとまだ出会えていない。これからどうなるかわからないし、王宮にいられるうちに自分から接触してみてもいいだろうか。

朝食をいただいたあと、シアンはさっそく王宮専属の猛獣使いとして働きはじめ、飼育係に挨拶をしたあと、猛獣舎の掃除や手入れをしたり、動物たちの世話をしたり、献上品として出される獣たちに芸を仕込んだり、なかなかに忙しく充実した時間を送ることになった。

自分が相談役として何ができるかは今のところわからないが、動物たちと触れ合う時間は相変わらず楽しくて癒されるし嫌な仕事ではない。

難しいことを考えるのは仕事のない時間だけにしよう、とシアンは決めた。そうして他の飼育員たちと共に猛獣舎の管理や清掃に励むうちに、気付けば、あっという間に昼を過ぎていた。

そろそろ切り上げようかと考えていたときだった。

汗を拭ったシアンの元へ、一陣の風が届く。誰かが猛獣舎の扉を開いたらしい。

振り返ると、マティアスの姿があった。

「そろそろ休憩をしたらどうだ」

彼も公務が一段落したのだろうか。近くに側付きの近衛騎士の姿を発見する。あれはジュストだ。

シアンは思わずピンと背筋を伸ばした。

「おまえさえよければ共にお茶にしないか。場所はメイドに知らせるが……」

一瞬ジュストに視線を奪われていたシアンは慌ててマティアスに笑顔で応じた。

「ぜひ。すぐに着替えてきます」

シアンは猛獣舎の点検を終えたあと、湯殿で汗と汚れを流し、メイドに用意してもらった服に着替えた。

お茶会の場所は宮殿の中央の庭から続く、小さな池に面したガゼボだった。円形のドーム状になった白い屋根の下には、白い透かし彫りのテーブルセットが並んでいた。

メイドに案内されると、マティアスの姿が見えた。彼の側には近衛騎士ジュストがいた。彼らは親しげに何か話をしている様子である。シアンは思わずジュストを目で追うのだが、彼はシアンの姿を目にすると、すぐに下がってしまった。

ジュストのことが気にかかるが、今はマティアスに誘われたのだから失礼がないように一旦頭から離しておくことにする。

「お待たせしました」

「来たか、シアン。しばしゆっくり休むといい」

「はい。お言葉に甘えて失礼します」

ちょうど木々の間に設置されているガゼボは日陰になっていて、風の通りもよく心地よさそうだ。木漏れ日がマティアスの美しい髪をきらきらと輝かせている。

食堂とは違って、テーブルを挟むようにではなく、少しだけ距離を空けて、隣同士で椅子に腰かける。

給仕係がポットからティーカップへとお湯を注ぐ。

透かし彫りのテーブルの上には様々なお菓子が並べられていた。

たっぷりの杏《あんず》ジャムが入ったマカロン、ジュレを乗せたクッキー、トリュフチョコレート、ブルーベリーとクリームがサンドされたふわふわのスポンジケーキといったお菓子から、ハムとチーズと卵のサンドイッチ、チキンときのこの香草焼きなどなど盛り沢山のメニューだ。

シアンはジュレを乗せたクッキーを一ついただき、紅茶と一緒に喉に流し込んだ。

「美味しい……」

「おまえの口に合ったようで何よりだ」

「こんなに美味しいお菓子をいただけるなんて……幸せですね」

忖度《そんたく》ではなく、本当にそう感じた。

ここまでの怒涛の展開を考えれば、こんな穏やかな時間は初めてなのだから。

「慣れない王宮での猛獣使いの仕事は大変だろう。存分に楽しんでほしい」

マティアスの気遣いが嬉しくて、ますます食が進む。

杏ジャムが入ったマカロンを一口食べると、頬に甘い痺れを感じた。どれも舌ざわりがよく美味しい。労働のあとだからか、細胞の隅々に糖分が行き渡るような気がする。

シアンが無邪気に頬を緩ませていると、マティアスと目が合う。彼はシアンを眺めながら微笑んでいた。

視線に気付いたシアンはたちまち落ち着かなくなってしまう。

色とりどりの菓子は目の保養になる。どれも自分の好みのお菓子だ。しかし色合いやその種類は女性受けしそうなものが多い気がする。別に、可愛らしいお菓子を男同士で囲んだって悪くはないのだが、そういう趣向とは別に、マティアスがシアンを可愛がってくれていることが伝わってくる気がしてくすぐったいのだ。

（餌付けされているというかなんというか……ひょっとして、僕はペットみたいに思われているのかな）

意識してしまったら急に緊張感がこみ上げてきてしまった。シアンがもじもじしていると、マティアスも我に返ったらしい。少し気恥ずかしそうにしながら紅茶を啜った。

甘ったるい空気に落ち着かなくなり、シアンはなんとか話題を探す。

「あ、あの、殿下。何か、僕にお話があったのでしょうか？」

「いや、ただ、おまえと一緒に過ごしたかっただけだ。迷惑だっただろうか」

寂しそうな顔をするマティアスを見て、シアンはしまったな、と思った。それにそんな顔をされてしまうと参る。

「そんな！　そんなことはありえません」

「私が王子だからと気を遣わないでいいのだ。正直に言えばいい」

「僕は、嬉しいです。誘っていただけて」

「……これでは、強制的に言わせたような感じになってしまったな。すまない」

マティアスは口元を隠すように手で押さえた。彼の耳が赤く染まっていた。

「本当に、本当です。とっても嬉しいですから」

「そうか。ならば、また誘ってもよいか？」

「もちろんです」

シアンが快諾すると、マティアスは嬉しそうに頬を緩ませた。

「今度は、セドリックを連れてこようか。おまえと一緒にいられないのを寂しがっていた」

「僕もセドリックとまた触れ合いたいです」

セドリックは当たり前だが、猛獣舎にはいない。元々マティアスの愛馬だ。騎士の宿舎近くの厩で世話をされている。

「私はこれから政務に戻らねばならないが、おまえはもう少し休憩するといい。よければ厩に案内させよう。しばしセドリックの相手をしてもらえたら私としてもありがたい」

「承知しました。ぜひお願いします」

「それから……」とマティアスは躊躇いつつ、シアンを見つめる。彼の熱っぽい眼差しに、シアンはどきりとした。

「今夜、またゆっくり話がしたいのだ。私の部屋に来てくれないか」

少しだけ声を潜めたマティアスの真意を確かめるべく、シアンはマティアスを見つめ返す。ときめきにも似た淡い期待が胸にこみ上げてきて、頬に小さな熱を灯《とも》す。

頭が真っ白になったように何も考えられなくなった。時間が少し止まったようにも感じる。

鼓動だけが早鐘を打ったまま、言葉が出てこなくなった。

（え、これって……そういう？）

「あの……」

「相談したいことがある。今後のことでな」

マティアスはそう言い直した。

「あ、はい。わかりました」

シアンは盛大に勘違いした自分が猛烈に恥ずかしくなった。いつから自分の頭はお花畑になっていたのか。

件の獣憑きの呪いのことは、ごく限られた人物しか知らない国家秘密なのだ。

「時刻はまた改めて侍従に連絡させよう」

マティアスはそう言い添えると、離れたところにいたジュストを手招きした。

「シアンをセドリックの元へ案内してやってくれないか」

元々そのつもりだったのだろう。だからジュストを控えさせていたのだ。

ジュストは「御意」と胸に手をあててから、シアンの方に向き直った。

「私は近衛騎士ジュスト・グランデと申します。以後お見知りおきください。これより、シアン様を厩の方へご案内いたします」

「ジュスト様、よろしくお願いします」

これでジュストと接点が持てた。自然な流れでなんとか話を聞き出せたらいいのだが。

マティアスとの甘いお茶会の余韻に浸っていたのも束の間、シアンは新たな緊張に身を包むのだった。

その後、マティアスを見送ってから、シアンはジュストと共に厩に向かった。

「シアン様が来られてから、殿下はとても楽しそうにしていらっしゃいますね」

「そ、そうでしょうか」

シアンは落ち着かない気持ちでジュストについていく。

巻頭カラー
★新連載
あずみ京平
抱かれ
発売記念
せら描き下ろしペーパー全プレ
★大好評連載陣
山本小鉄子
星野リリィ
テクノサマタ
葉芝真己
カスカベアキラ
ISIKI
縞ほっけ
西原ケイタ
ARUKU/九號
秋葉東子/富士山ひょうた
麻々原絵里依/三池ろむこ
吹山りこ/如月弘鷹
四宮しの/こいかわ
センターカラー
あきちはや ★初登場&新連載
牧コチコ ★初登場&読みきり
平喜多ゆや ★新連載
ルチル
Boy's Cute and Sweet Magazine
Rutile
2022年
11月号
◎表紙 縞ほっけ
◎ピンナップ 安堂ろめだ ★初登場
予価800円
9月22日(木)発売!!
◆奇数月22日発売◆隔月刊
(応募者負担あり)
表紙イラストQUOカード応募者全員サービス
最新情報はこちら➡[ルチルポータルサイト]
https://rutile-official.jp
※表示の価格はすべて(本体価格+税10%)の価格です。

mic ブースト powered by デンシバーズ
毎週
火曜・金曜
更新!
公式サイトはコチラ!
https://comic-boost.com
9月24日発売新刊コミックス!
コミックス
第3巻!
バーズコミックス
●B6判●定価715円
突然現れた謎のケモ耳イケメンに
迫られて、二人の関係に波乱の予感!?
乙女ゲームの(元)悪役令嬢と
ドS王子の転生ラブロマンス!
原作 うすいかつら
作画 かーみら
原作小説第1巻9月29日発売!
「詰んでる元悪役令嬢は
ドS王子様から逃げ出したい」
オジ専の悪役令嬢、イケメン王子からの
熱烈アプローチをかいくぐり、
今日も憧れの騎士団長のもとへ――!
イケオジ×悪役令嬢の転生ラブコメディ!
コミックス
第2巻!
バーズコミックス
●B6判●定価715円
原作 翡翠
作画 落槻あれれ
キャラクター原案:さちのしあ
「悪役令嬢は
オジサマに夢中です」
1〜3話、最新話がいつでも無料!!!
(※一部作品を除きます)

「ええ。あんなに安心した表情を見るのは、一体いつ以来でしょうか。大変喜ばしいことです」

感じ入ったようにジュストが言う。それほどマティアスは日々思い悩んでいたのだろう。

シアンはマティアスから打ち明けられたことを思い浮かべながら、手首の刻印を無意識になぞった。

すると、息を呑んだような気配があった。

シアンが顔を上げると、ジュストの目がシアンの手首に釘付けになっていた。

「君のその印、古《いにしえ》の王家の紋章と似ているな」

強張った表情でジュストが言った。騎士たる口調さえ忘れたかのように魅入られているようだ。

「古の王家の紋章？」

シアンが尋ねると、ジュストはハッとしたように口元を押さえた。

「いや、すまない。似ているだけだ」

明らかにジュストは動揺している。見過ごすわけにはいかなかった。

「教えてください。ジュスト様はこのような刻印に見覚えがあるのですか？」

シアンが見つめると、ジュストは琥珀がかったサファイアの瞳を揺らした。その瞳に既視感を覚えていると、

「俺にも似たような刻印があるのさ」

ジュストがそう言って袖を捲りあげる。肘の裏側に紋章のような刻印があった。

シアンは自分の手首の模様と照らし合わせる。しかし似ていてまったく異なってた。薔

薇の花の中に獅子の姿が描かれ、小さな月と星が円を囲っているようなデザインだ。

「ブルーノア王国の紋章は、獅子と剣と天秤……ですよね？」

「それはね、先代のときに紋章を一新しているんだよ」

それを聞いたシアンは、ハッとしてジュストの顔を見つめる。彼の茶色の髪が風でさらりと額をあらわにし、光に透けた彼の瞳が、琥珀がかったサファイアをきらきらと輝かせる。この特徴的な琥珀を持つ者は、王族にしかいないはずだ。

そういえば、レオンスがおかしくなる直前、刻印に何か見覚えがあるような顔をしていた。

シアンはジュストを見つめて仮説を立てた。ゲームの攻略にはなかった情報というだけではもう判断がつかない。とっくに色々なことが捻《ね》じれているのだから。

「もしかして、これって王族の皆さんの身体に記されているんでしょうか。そうだとしたら、あなたは王族の血を引いているのですか」

ジュストが面食らった顔をする。どうやら当たりだったらしい。もう一押ししようと、シアンは周りを気にしつつジュストに問いかけた。

「獣憑きの呪いの件に、何か関わりがあるのではないですか」

「しっ」

こっちに、と衛兵や侍従などから見えない場所へ引っ張られる。

「その話は、直接、耳にしたんだね？」

「はい。マティアス殿下から聞きました」

「そう」

ほっとしたようにジュストは胸を撫で下ろす。

「俺は確かにそうだ。第一王子という役目から下りた」

ジュストは二十五歳、マティアスが二十三歳、レオンスが二十一歳。

本当はジュストが王位第一継承者だった——ということは、やはり元のゲームの攻略にはない話になっている。

元のゲームの情報では、ジュストはあくまでマティアスとレオンスと同じ乳母兄弟で幼なじみの騎士というだけだ。

「その理由は何なのでしょうか」

「獣化した際に制御が効かなくなり、止めに入った母上を喰い殺そうとしたからだ」

ジュストはそう言い、声を沈ませた。

「喰い……」

シアンの顔から血の気が引いた。彼の脳裏にレオンスに襲われたことが思い浮かんだ。あのときは事なきを得たが、もしあのままだったら、大惨事になっていたかもしれない。ぞっとする。

「……実際は未遂だったが、王妃は心労がたたって病に倒れた。俺が殺したも同然だろう」

ジュストは後悔の念を滲ませるように目を伏せた。

シアンは茫然とする。

確かに王妃は亡くなっている。死因は病死とされているが、まさかこの特殊ルートでそんな背景が用意されるとは思ってもみなかった。

シアンが言葉を失っている間に、ジュストは話を続けた。

「現場には俺とマティアスがいた。マティアスが証言してくれたおかげで罪には問われなかったが、俺自身がどうしても自分を赦せなかった。それから俺は王位継承権を返上、剣の道に進んだ。俺が近衛騎士として兄弟の側にいるのは、あいつらに何かあったときに、俺が対応すべき責務を負うと決めているからだ。俺と違い、マティアスはよくできた男だ。レオンスも遊んでいるように見えて思慮深い部分もある。俺のようにはならないと信じているが、ね」

それを聞いて、レオンスが襲い掛かったことを、ジュストが知らないでよかった、とシアンは背中が寒くなった。

「ジュスト様は、今はもう発作は起きないのですか？」

「ああ。もう起きるはずがないんだ。なぜなら、俺は子種を残すことはできない。生殖機能が失われているんだ。俺が自ら望んだ。それで呪いを抑えられているらしい」

悲しげに語るジュストを見て、シアンは胸が締め付けられる思いがした。自分の意思ではないのに、母親を殺しかけ、王位を返上し、宦官《かんがん》となって騎士の道に進むことになるなんて。

どれほど彼は自分を追い込んだことだろう。

シアンがショックを受けていることを察したらしく、ジュストが微笑みかけてくる。

「君がそんな顔をする必要はない。こう見えて妻帯者だ」

「そうなんですか？」

「ああ。子は成せないが、それでもいいと妻は言ってくれる。妻の存在にとても救われているよ。ますます騎士として精進しなければね」

どのルートにもバッドエンドはあったけれど、この特殊ルートはジュストを攻略対象から省いたのだろうか。

でも、幸せならばそれでよかった。シアンはジュストのことを思い、ほっと胸を撫で下ろす。

「しかし王家の血筋を絶やすわけにはいかないからね。俺のようなケースは特別だ。その結果、マティアスとレオンス……特にマティアスには重い責務を押し付けてしまって悪いと思っている。君にはどうか兄弟の力になってほしい。俺も、困ったことがあれば必ずや力になろう」

「ありがとうございます。そう言っていただけると、僕としても心強いです」

この件はくれぐれも内密に――とジュストは念を押した。もちろんシアンは約束する。

それから、厩の前まで来ると、シアンは任務に戻るジュストを見送り、ため息をついた。

話を聞けてよかった。有益な情報だった。しかしまだわからないことの方が多い。

頭が混乱する前に、特殊ルートにおける呪いの整理をしてみることにする。

王家は獣憑きの呪いにかかっている人外。対象となるのは、直系のマティアス、レオンス。

マティアスは制御しやすい性格のため、すぐにはリミッターが外れないようだ。

レオンスは刻印に反応を示したが、我を失った結果、そのことを忘れているようだ。

それから、もう一人……近衛騎士ジュストは、実は第一王子だった。しかし王位継承権を返上している。王妃を喰い殺そうとした経緯から呪いの制御をするため宦官となったからだった。

(まさか、王位を継がせたくない誰かが邪魔をしているとか?)

シアンが考えついたのはそこだった。

しかし。

『シークレット・クラウンテイル』はそこまで重たいストーリーではないのだ。あくまで花嫁候補との恋愛がメインのロマンスストーリーなのだから。

刻印に関連づけると明らかにあの謎の魔術師が怪しく感じるが、それならわざわざシアンを王家に近づける必要があるだろうか。解決策のための猛獣使いにするとは思えない。

「どういうことなのかさっぱりわからない」

(一旦、頭を冷やすことにしよう)

セドリックに癒されたあと、自室のある宮殿の中を歩きながら、このあとの仕事のことを考えていたときだった。

向こうからレオンスが手を振っていた。

シアンも一瞬手を振りかけたが、身分を弁《わきま》え、小さく頭を下げる。すると、レオンスは気に入らなかったらしく、片方の眉を軽く歪めた。そしてこちらに来るやいなや、いきなり肩を抱かれる。

「わっ」

「シアンは堅いぞ。堅物なのは兄上だけにしてくれ。男同士気軽にもっと交流しようぜ」

こっちに来いよ、と誘われる。

いけない。この間もこの流れだった気がする。シアンの中に警告が灯った。

「レオンス殿下、そういうわけには参りません。それから、僕はこのあと仕事に戻らなければなりません」

「そういうところだよ」

ジロリと冷めた顔で睨まれ、シアンは肩を竦める。

「俺にそんな冷たくするっていうことは、兄上の花嫁になる気満々ってことか？」

レオンスが窺うような目をする。

「それは違いますよ。だいたい、僕は猛獣使いとしてこちらに雇われている身なのですから」

「さっき、仲良くデートしていただろ。兄上が公務以外で人を誘うなんて珍しいって使用人がざわついていたぞ。おまえはやっぱり気に入られているよ」

「あ、あれは、デートではありませんよ。労《ねぎら》ってくれて……それに話があるようでしたし」

今夜、相談があると言っていたマティアスのことをシアンは思い浮かべた。

「ふうん。だが、俺にもチャンスはあるということだ。忘れないでいてくれ。こういうのは相性が一番なんだよ」

レオンスが勝気な眼差しをこちらへ向ける。強引なレオンスはどこまでも持論を押し通す。

「そういうわけで、付き合ってもらうぞ、シアン」

よいしょ、と俵を担ぐみたいにレオンスに抱き上げられてしまった。

じたばたしても彼の腕には敵わない。

「あ、ちょっ……待っ……！」

あっけなくシアンは王宮内で誘拐されてしまったのだった。

——到着したところは湯殿だが、シアンが借りたお風呂とは違った。

明らかに王室専用のようである。金の獅子がお湯を口から流しているし、湯船にはいい香りがしている。花がゆらゆらと揺れていた。シアンはぽかんとして眺めていた。

「ここで一体何を……？」

背中を流せとかそういうことなのか。

「男同士、裸の付き合いをしようぜ」

レオンスはそう言うけれど、シアンは頭が痛かった。

「そんな失礼なことできませんよ。使用人が、殿下と一緒に……だなんて」

これはまずい。身の危険を感じる。なんとか言い逃れをして、離れないといけない。

しかし悪戯な彼の手に引っ張られ、為す術がなかった。そのままシアンは湯の中にダイブする羽目になってしまう。

夏の薄い衣装とはいえ、湯に浸かれば重たく、シアンの肌に纏わりついてくる。

シアンはぷるぷると身震いをする。怒りに震えていたのだ。

「殿下、さすがに勝手が過ぎませんか」

シアンは、レオンスを諌《いさ》めるために彼を睨んだ。しかし彼は悪びれもせずに言った。

「そう怒るなよ。兄上のガードがあるから、こうでもしないとおまえと二人きりになるのを赦してもらえないだろ。正攻法だけがすべてじゃない」

獣憑きの呪いで変身するなら、猛獣使いのスキルが彼にもちゃんと効いてくれたらいいのに。このときほど思ったことはない。

「そういうのを卑怯《ひきょう》っていうんですよ」

「はは。シアン、おまえも猫かぶりしていたな。面白い。ますます気に入ったぞ」

背後から抱きすくめられ、シアンはびくりと戦慄く。

「ちょっ……」

腹の下に腕が回ってきて、耳のうしろに彼の吐息がかかった。

「実をいうと、確かめたいことがあったんだ。だから、ここに連れてきた。理由もなくおまえを誘ったりはしない」

そう言い、レオンスがシアンの手首を摑《つか》んだ。そして目的のものを探すように指を滑らせる。そこには模様が浮かび上がっていた。ぎくりと、シアンは身を強張らせる。

「なぁ、この刻印は、どうなっている？　かつての王家の紋章に似ていると思ったが、違うらしい。何か仕掛けがあるのか？」

　レオンスは気付いていたようだ。

「もしかして、あ、あのときのこと、思い出したんですか？」

「ああ。あんなふうに我を忘れたのは初めてだったから、もしかしてと思い至った。俺を狂わせたのは、おまえのこの刻印が原因なんじゃないか？」

　なかなかに鋭い指摘だった。

　やはり彼はただの豪放磊落《らいらく》な男ではなく、観察眼がある。侮ってはいけなかった。

「わ、わかりません」

「怯《おび》えなくていい。今の俺はおまえを喰おうなんてことはしない。たとえ、あの姿になったとしても、だ」

「もし、そうなったらどうするんですか」

「さて、どうしようかね」

　と、もったいぶった顔をしてから、レオンスは言った。

「おまえが俺を満たしてくれればいい」

「なっ……何を言っているんですか」

「知ってるんだろ？　人外の俺たちは雌雄を問わないってこと。相手が男でも女でも欲情する生き物だっていうこと」

欲情を滴《したた》らせた瞳に、どきりとする。

「絶対にダメです。だいたい、僕は花嫁候補なんかじゃありませんよ」

「そんなのはカムフラージュだろう。ああなったのはおまえのせいだ。あの日は迂闊だった。俺が狂ったんじゃない。おまえが俺を誘惑したんだ」

「蒸し返して、結局、僕のせいにするつもりですか？」

これくらい言っても罰は当たらないだろう。

「知りたいだけさ。この刻印の意味を。手首、うなじ、鎖骨……見えるところは三ヶ所……他には？兄上にはもう見せたのか？」

「やめっ……」

「おまえは花嫁候補にふさわしい、唯一の者かもしれない。この刻印は、おまえが俺たちのものである証だ。その証拠に、吸い寄せられるように、おまえを噛みたくなる」

レオンスの瞳に血に飢えた獰猛《どうもう》な光が妖しく揺れる。

「っ……やだっ」

「なあ、俺の花嫁になれよ、シアン。兄上よりもずっと、おまえを気持ちよくさせてやる。相性を確かめてみようぜ」

「だめっ……やだっ」

なんとかレオンスの腕から離れなければ、彼に凌辱《りょうじょく》されてしまうかもしれない。

勝手な行動をするレオンスも大概だが、学習しない自分自身にもシアンは呆れてしまう。

「くらくらするぜ。それがおまえの……猛獣使いのやり口か？」

シアンは自分の内側からフェロモンが溢れ出していくのを感じていた。刻印が赤く染まっている。

その赤く色づいた刻印に魅入られたように、レオンスが発情している。

レオンスが仮説を立てたとおりに、王族のためにつけられた刻印だとしたら、この刻印によって王族が狂うのだとしたら、このままではまた――。

その懸念は現実のものとなった。レオンスは黒豹の姿へと変わっていた。彼の瞳が緋色に染まっていく。青ざめたシアンは彼から必死に離れようと突き飛ばそうとした。しかし様子がおかしい。

黒豹の口から甘えた声が漏れてきてハッとする。彼はあの日のように襲い掛かってくることはなかった。その代わり、しがみつくように覆いかぶさってくる。その姿は、ただの犬か猫のようだった。

拍子抜けしたシアンだったが、なにしろ黒豹は重たい。懐いてすりすりしてくる彼をどうしたらいいか困ってしまう。

「え、あ、ちょっ……」

不服そうにしているレオンスの瞳を覗き込む。彼としては不可抗力だったらしい。ざばりと湯船から駆けあがった。シアンも慌てて湯から身を引き上げた。

「何をしている」

険のある声が響いた。

ずぶ濡れのシアンを見て、マティアスは血相を変え、シアンを抱き上げた。

「レオンス、おまえはどういうつもりだ」

黒豹は何かを言いたげにしている。話は通じるのだろうが、言葉を交わすことはできない。

マティアスは桶《おけ》に残った冷水をおもいっきりレオンスにかけた。

「頭を冷やせ」

マティアスが激怒している。いつも大らかな彼が余裕のない様子だった。そしてハッとしたようにシアンを見下ろした。

「シアン、大丈夫か。何もされてはいないか」

シアンの頬に手を添えながらマティアスは言った。彼の瞳は心配そうに揺れていた。

シアンがこくりと頷くと、マティアスはホッとしたようにため息をついた。

「身体を拭こう。それから着替えだ。このまま私の部屋に連れていく。今日はもう仕事につかなくていい。おまえはずっと私の側に……」

その時、マティアスが眩暈を覚えたらしい。少しだけ様子がおかしかった。おそらくだが、シアンの刻印に反応しているのだ。

しかしマティアスはすぐに呼吸を整え、シアンを抱き上げて湯殿を出て行こうとする。

すると、うしろから声がかかった。

「――兄上、シアンをどうしたいんだ」

マティアスはシアンを抱いたまま振り返り、呆れたような目でレオンスを見た。

濡れた黒い獣の姿はなかった。元の姿に戻っている。一糸纏わぬ姿で彼はそこにいた。そして不満そうに目をぎらつかせている。獣の名残だけが残されていた。

「シアンを玩具《おもちゃ》のように扱うな。このようなことが続くのならば、おまえには近づけられない」

「俺は、シアンを気に入っている。求愛のつもりで誘った。それのどこが悪いんだ」

「開き直るつもりか？　レオンス」

「兄上こそ、本音を隠さずに言えばいい。シアンに惚れているんだろう？」

「……っ」

マティアスは言葉を詰まらせる。どう答えるべきか考えあぐねている様子だった。きっとレオンスを落ち着かせるように諭す言葉を選んでいるのだろうと、シアンは思っていたのだが。

「そうだ。だからこそ大事にしたいのだ」

マティアスがはっきりとそう言ったことに、シアンは激しく動揺した。マティアスの頬が微《かす》かに赤い。伝染したようにシアンの頬も熱くなる。

「ははっ。そうかよ。じゃあ、いずれ、シアンに選んでもらわないとな。勝負だ、兄上」

レオンスはシニカルな笑みを浮べる。

「おまえには勝負をする資格がない。身勝手にシアンを傷つけることは許さない」

マティアスはそう言い残し、それから黙ったままシアンを部屋へと連れていくのだった。

＊＊＊

マティアスの部屋に連れてこられたあと、メイドに着替えさせてもらい、シアンはマティアスと二人きりでベッドの上にいた。

「少し、休んでも構わない。のぼせたのではないか？」

「大丈夫です」

のぼせてしまっているからではない。さっきのマティアスの言葉が胸にこびりついて離れないのだ。

心臓の音が速い。こうして隣にいると意識してしまい、たまらなくなる。

（マティアス殿下は、惚れていると、はっきり断定した）

どうしよう。本当に？　驚きと期待で鼓動が騒がしい。このままではマティアスの顔を直視する自信がない。

心臓の辺りがずきずきする。耳が燃えるように熱い。刻印は薄くなっていくが、その熱は失っていない。

マティアスが息を荒くする。シアンはハッとした。刻印に反応を示しているのかもしれない。

刻印の件をマティアスにも共有すべきだ、とシアンは思った。

「あの、マティアス殿下――」

「すまない。はぐらかすつもりはなかったのだ。おまえを大事に考えていたから」

「……っ」

いきなりさっきの件に触れられ、シアンの顔に熱がこみ上げる。照れているマティアスの表情に、胸の奥がきゅっと痺れる。

「私は確かに、おまえを気にかけていた。最初に出逢ったときにはもう、おそらく恋をしていたのだろう」

何も取り繕うことなく、マティアスはそう言った。

「殿下……」

「やはり、迷惑だろうか」

シアンは首を横に振った。

「こういう聞き方は卑怯だな。レオンスのことを言えた口ではない。しかし赦してほしい。私は、こういうのは苦手だ」

「わかっています」

マティアスが誠実であること、彼が面白半分でシアンをどうにかしようと考えているわけではないことを。だからこそ、舞い上がってしまいそうになるほど嬉しい。

マティアスは瞳を滲ませた。

「おまえはわかってくれる。それが心地よいのだ。ずっとこれからも側にいてほしい」

マティアスの手がシアンの手に重なる。

シアンはまるでその場に縫い付けられたみたいにマティアスを見つめたまま動けなくなった。すると、マティアスの手に少しだけ力が籠った。

「猛獣使いとして召し抱えたいと言ったことは建前なのだと、もうわかっているだろう？　私たちには花嫁候補が必要……否、私には花嫁が必要なのだ。それが、おまえならもっといい。そんなふうに望んでいる」

「……っ」

刻印のことを話さなければと思っているのに、マティアスの告白で頭がぼうっとしてうまく働かない。大事に愛される、ということはこんなにも心地がいいものなのかと、感動して泣きそうになってしまう。

前世でも転生したあとも、誰も今まで認めてくれなかった。真剣に欲してくれる人なんていなかった。でも、マティアスはこんなにも必要としてくれている。

「おまえを泣かせるつもりはなかった。しかし、実際、傷つけてしまったのならすまない」

「これは、あなたの気持ちが嬉しいからです……」

素直な言葉がこぼれてしまう。目尻の辺りに涙が浮かんでいる。視界の端がきらきらと光っていた。

「シアン、私の花嫁になってくれないか」

マティアスの恋焦がれるような表情に、シアンは息を呑む。握っていた手にさらにもう一方の手が重ねられる。離したくないと言いたげに、強く摑まれていた。

「マティアス殿下……」

「おまえはきっと強引な誘惑は好きではないのだろう。だが、もう気持ちをごまかすことはできそうにない。私は、おまえが好きなのだ」

熱烈な告白に、シアンは戸惑い押し黙ったまま、どう返事をしていいか困った。

鼓動が激しく胸の内を叩いている。耳の辺りまでせり上がってきていた。身体は熱く、火照っていく。

どうしよう。どうしたらいい。どう答えればいいのかわからない。シアンの心は揺れていた。

マティアスの気持ちは嬉しい。しかし彼の花嫁になるということは、この世界の中心にいることを選択することになるのだ。近い将来、マティアスは王位継承し、戴冠式を迎えることになるだろう。そのときに、シアンは彼の花嫁として寄り添うことになる。

（僕に……できるのか？）

人外だから雌雄は問わない。このゲームは男同士の結婚を可能にしている。だから、花嫁になることは現実的には可能だ。前世では叶えられなかった幸せが、この世界では可能になる。素晴らしいではないか。

でも、平民としてささやかな幸せを望んでいたシアンが、これから先は宮廷生活を永遠に続けなければならないのだ。せっかくジョブチェンジしたのに。

否、ジョブチェンジしたからこそ、この運命にたどり着けたのだろうか。まさか第二の転生人生の先に、第三の転生人生が待っているなんて思ってもみなかった。

シアンの迷いが伝わったのだろう。マティアスの表情に切実さが浮かぶ。

「おまえは、私のことをどう思っている。正直に、答えてほしい。おまえの気持ちが知りたい」

「僕は……」

マティアスに恋をしている。それはもう認めざるを得ない。でも、シアンの元来の臆病さが二の足を踏ませていた。

彼と一緒にいていいのだろうか。こんな自分が、彼を幸せにできるだろうか。共に幸せになれるだろうか。幸せを味わったあともし何か起きたら、今度こそ立ち直れない。それが怖い。

でも、きっとマティアスなら、助けてくれる。守ってくれる。包んでくれる。それなら、彼の救いになりたい。支えになりたい。幸福を分け合える存在でありたい。彼をもっと深く愛してみたい。愛されたい。愛し合いたい。

でも、もう少しだけ考えさせてほしい。しかし回答を迫るように、刻印がつけられた場所がちりちりと痛む。

シアンが言葉に詰まっていると、久方ぶりにまた選択肢が出現した。

『マティアスを選ぶ』『レオンスを選ぶ』『二人の王子から愛される』

待ってほしいのに。待ってはくれないらしい。その三択から選ばなければならない。どう選択しても王宮からは逃れられないようだ。幸い時間制限はないらしい。

シアンは猛獣使いのスキルを得たときに自分が誓ったことを思い出していた。

これからは第二の転生人生を謳歌すべく、心を入れ替え、卑屈にならず拗ねたりせず、最大限努力していくことにしよう。

もう、自分を痛めつけることはやめたい。誰かと比べることなく、比べられることに落ち込まず、自分は自分の人生を大事に生きていきたい。その中で、いつか——誰かと絆を深められる未来があればいい。

そんなふうに決意を新たにしたはずだ。

選択肢をじっと見つめ、シアンは勇気を出して、その答えを選んだ。

『マティアスを選ぶ』

シアンの意思により選択肢は消えていく。

「僕は、マティアス殿下のことが好きです」

「シアン」

　マティアスがシアンの頬に触れる。

「でも、本当に、僕でいいのでしょうか」

　そう言い募ると、マティアスは顔を近づけて、シアンの唇に触れた。

「おまえがよいのだ。そう伝えただろう」

　間近な距離でそう告げ、マティアスは再び唇を求めようとする。

　シアンは目を瞑り、それを受け入れた。唇が触れ合った瞬間、痺れるような甘さが身体を駆け上がった。

「……っん」

　火が付いたようにマティアスはシアンの唇を何度も愛する。シアンはマティアスからのキスの猛攻に頭の芯まで痺れそうになった。

「……ふっ……ぁん」

　そのうち唇が触れ合うだけでは物足りなくて舌を搦《から》めた昂《たかぶ》った感情をぶつけるように。気持ちよくて頭がぼうっとしてくる。

「おまえを誰にもやりたくない」

　マティアスの唇がシアンのうなじを這《は》う。無防備な耳朶《じだ》を食《は》まれ、ぞくぞくとした甘美な快感が背筋を駆け抜けていく。

「あっ……」

シアンは思わず声を上げてしまう。

「あいつに触られた場所は？」

マティアスは思い出したかのように嫉妬の色を瞳に灯していた。

「それ以上は、ないです」

「本当か？」

切なそうに問うマティアスに身悶《みもだ》えながら、シアンは頷く。

キスの余韻でドキドキして思考がままならない。夜、彼の部屋で二人きり。もしかしたらマティアスはこのままシアンを解放する気はないのかもしれない。

そしてシアンはそれを頭の片隅で望んでいる。その証拠に、身体の中心が滾るように熱くなっていた。

シアンは再び、手首の刻印を凝視した。マティアスに効き目がないわけではないのだろう。彼は自制しているだけに違いない。発作が起きてしまう前に、ちゃんと自分から話しておきたい。

「マティアス殿下に、話しておかなければならないことがあります。この刻印について」

シアンは自分の刻印をマティアスに見せた。手首と、うなじと、鎖骨のあたりまでを。

「その模様は……かつての王家の紋章に似ているように見えるが、厳密には違うようだ。これは痣《あざ》か？」

マティアスは顎を撫でた。やはり王族には皆見覚えがあるものらしい。一瞬だけシアンは迷ったが、誠実なマティアスを信じ、打ち明けることに決めた。

「僕の身体にはこの模様が七ヶ所刻まれています。おそらくこれがフェロモンの正体、猛獣使いの秘密です。ある日、僕は謎の魔術師に出会いました。そして無理矢理種を飲まされたんです。その結果、花のような紋章が身体に浮かぶようになり、猛獣使いとしてのスキルを得たんです。その後は、殿下が見てきたとおりの僕です」

マティアスなら信頼できる。シアンはそう思い、ごまかすことなく告げた。

「その謎の魔術師とは今も通じているのか？」

「いえ。それ以来、姿を消したままです」

マティアスは黙り込んで何かを考えている。シアンは緊張しながら彼の見解を待った。

「……なるほど。レオンスはこれに気付いていたわけだな。先ほどの煽《あお》るような行動を見れば明らかだ」

「試した、ということでしょうか」

「ああ」

二人の間に沈黙が落ちる。そしてマティアスは何を思ったのかズボンを脱ごうとする。

シアンは慌てて目を伏せようとしたが、マティアスが手を引っ張った。

「我々にもつけられている。模様は違うが、刻印だ」

「あっ……」

マティアスの腰の下、付け根の辺りにジュストと同じ刻印が記されていた。

「これはおそらく獣憑きの呪いの証なのではないかと思っている。その救いの花嫁は……おまえだということなのではないか」

目から鱗《うろこ》だった。謎の魔術師がしたかったことは、そもそもシアンを花嫁候補として宮殿に上げたかったということなのだろうか。

「王族の皆さんは、かつて何らかの契約をされたのでしょうか？」

「いや、青年期を迎えたときにこれが浮かぶようになった。痣のようなものだと思っていたが……レオンスにも同じものがあるはずだ」

「ジュスト様にも、ですね？」

窺うように尋ねると、マティアスはハッとした顔をする。

「あいつに聞いたのだな」

「はい……」

「そうか」と、マティアスは悲しそうに目を伏せた。

「もう兄上とは呼べないが、いつも心の中ではそう呼んでいる。我々は使命をそれぞれ果たすことを誓った。正直、私も兄のようになるのではないかと怯えたことがあった。弟のことも常に気がかりだった。だが、私はこのような呪いに屈することはできない」

自分の胸に叩き込むかのように、マティアスは言ってから、おもむろにシアンを抱きしめた。

「マティアス殿下……？」

「おまえが救世主になるか、それとも破壊神になるか。わからないことの方が多いが、私にとっては少なくとも救いだと感じている。実際、おまえに惹《ひ》かれ、癒されているのだから」

しかし、とマティアスはシアンの肩を離した。

「フェロモンの刻印についてはわかった。だが、私のこの胸に燃えるような想いは、この刻印が導いたものとは思えない。おまえを恋しく感じるのはまた別の話だ」

「わかってます」

シアンは深く頷く。

もしもただ欲望のままに求めるだけなら、簡単にできてしまうことだろう。しかしマティアスは自分を抑えている。思慮深く自制心のある人だ。そしてやさしい人。いつでもシアンを気遣ってくれていた。そんな彼の恋を否定したくはないし、否定してほしくない。

シアン自身もまた、マティアスに惹かれ、恋をしているのだから。

「見せてもらえないか。おまえの刻印すべて」

マティアスに言われ、シアンは頷く。

全部を打ち明けたあとで、恥ずかしいと言える状況ではなかった。

シアンは上衣を脱いだ。そして裸になる。

すると、マティアスが息を呑んだのが空気で伝わった。

「まるで、花のようだ……綺麗なものだ」

罰の証とさえ思ったそれを、マティアスの綺麗な指先で触れられ、ぞくぞくとした甘美な悦《よろこ》びに胸が震えた。

「あ……っ」

こらえきれずに声がこぼれた。

マティアスは続いてシアンのうなじの刻印に触れ、鎖骨の刻印にそっとキスをする。シアンはびくびくと震えながらもされるがまま耐えた。

マティアスはさらにシアンの脇腹の刻印、背中の刻印へと、ゆっくりと唇を這わせていった。時折、熱っぽい吐息が肌をくすぐる。

「……あ、ぁ」

シアンの唇からまたたまらず声がこぼれた。くすぐったいのと恥ずかしいのと、好きな人に触れられる悦びと、官能的な刺激に、頭が真っ白になりそうになる。

「愛してほしいと、浮かんでは誘導していくようだな……これで終わりか？」

シアンは首を横に振った。

「まだ、あと二つあります」

残りは腰と内腿——それで刻印は七ヶ所。

しかし腰を撫でられたとき、内腿の間にある熱の塊にぎくりとする。

「だ、だめです……これ以上は、恥ずかしい」

シアンはとっさにマティアスの手を摑んだ。知られてしまう。どれほどこの人に欲情しているかを。

しかし止めるのが遅かったようだ。マティアスは気付いている。

「シアン、おまえは……」

「やだ。言わないでっ」

シアンは敬意を払うことすらできなくなり、思わずかぶりを振った。

「おまえが私に欲情しているのか」

「言わないでったら」

シアンは目を合わせることができず、顔をそむけた。耳まで赤く、全身は震えていた。発情してしまっていたのだ。

マティアスが息を呑んだ音が聞こえた。

そして彼は囁く。

「あぁ。おまえは、なんてかわいいのだ――」

「あっ」

肩に軽く衝撃を感じたときには、シアンはマティアスに押し倒されていた。

ベッドの上に組み伏せられ、天蓋に囲われた景色を仰ぐ。熱っぽく見つめるマティアスが、上衣に着けていたものを崩しながら、シアンを間近に見つめてきた。

ドキドキしながら見つめていると、マティアスが近づいて、唇をやさしく啄《ついば》んだ。

「ん……」

シアンは思わずマティアスの衣を握りしめ、彼のキスを受け入れる。欲望は天を仰いだままびくびくと震えていた。その内腿をマティアスはするりと指でなぞった。

「ん、あっ……」

シアンは腰を震わせる。

「私はおまえに恋をしている。ここへ呼び寄せる前から、惹かれていた。私のものにしたいと願っていた」

「マティアス殿下……」

「おまえの気持ちを聞かせてくれないか。もう一度、側で聞きたい」

「僕はマティアス殿下が好きです。殿下に……恋をしています」

胸に感じる想いのまま、シアンは告げる。マティアスは感極まったように、シアンの髪をやさしく撫でた。

「シアン、おまえこそが、私の運命の花嫁だ」

「ん……」

唇を重ねられ、手を握られながら、シアンはマティアスからの情熱的なキスに身を焦がした。舌を搦めて唾液ごと吸われる。

逞しい身体に押しつぶされながら、角度を変えて何度も何度も、飽きることなく口づけを交わした。

互いの欲望が形を作っていることが当たる場所で伝わる。そのことに、ますます興奮してしまう。

マティアスに求められることが嬉しかった。

「……シアン。おまえの唇は甘いな」

「……ん、……殿下」

シアンと同じようにマティアスの息が上がる。先ほどまでは冷静だったはずの彼が熱っぽい眼差しで見下ろす。彼のその匂いたつ色気にくらくらした。

シアンは呼吸を浅く繰り返していた。

身体中が熱い。刻印のすべてがじりじりと焦がすように甘く淫らな快感を引き出そうとする。

想いを伝え合ったという事実が、二人を性急に結びつけようと欲望を掻き立てているようだった。

「おまえが欲しい。シアン……私のすべてを刻みつけたい。この刻印よりもずっと深く、濃く、中へ――」

譫言《うわごと》のように言いながら、マティアスはシアンの首筋を吸う。舌を這わせ、何度も舐《な》めながら、指の腹で胸の辺りをさすりながら、彼の唇はその箇所へと動く。硬く隆起しはじめていた胸が赤くなっていく。

「あ、ぁっ……マティアス、殿下」

さらさらと肌に触れるマティアスの毛先さえ、愛撫《あいぶ》の一つだった。

順序立てていく必要なんてもうない。彼に抱かれてしまいたい。そんな刹那の激情が心地よい。

緊張していた胸の先端にマティアスの唇が触れる。ぞわぞわした甘美な愉悦が波のように広がり、硬く隆起したそこを舐められ、シアンは跳ねた。

「はぁ、あっ……ぅっ……ぁあ」

シアンの呼吸が乱れる。マティアスはもう片方の胸の切っ先を舐《ねぶ》った。幾度となく与えられる責め苦に、シアンはびくびくと腰を揺らす。

中心で暴力的に膨らんだそれが、マティアスの手の中におさめられようとしていた。

「こんなにも私に感じてくれたのだな。かわいい……シアン」

やさしく可愛がるように手のひらで揉《も》みこまれ、シアンはあまりの気持ちよさに泣き出しそうになった。

「あ、きもち、いい……そんなしちゃ、だめっ……」

「もっと、きもちよくなっていい。私が許す」

そんなふうに言われたら、底なしに感じてしまいそうだ。もっと気持ちよくしてほしくなってしまう。

やさしく扱《しご》かれて頭がぼうっとする。何も考えられなくなっていく。頭の中が淫らな欲望に支配される。どくどくと鼓動が苦しいくらいに脈を打っていた。

「あ、ぅ、ああ、……ん」

こらえきれなくなり声を荒らげた。秘めた想いを解放したせいか、あっけないほどに激しい吐精衝動がこみ上げ、止められなくなりそうだった。

「だめ……もうっ……我慢できなっ……」

穢《けが》しちゃだめだと、必死にこらえようとした。

しかしマティアスの巧みな愛撫に、シアンはぞくぞくと震えるのを止められない。激しい吐精感が突き上げてくる。

「おまえの感じている顔が見たい。そのまま……」

淫らな水音がぴしゃりと耳を刺激する。胸をたっぷりと舐められながら硬く張りつめた肉棒を扱かれる。

「ん、あんっ……マティアス、殿下っ……」

マティアスの唇で挟むように胸を吸われるのが気持ちよかった。舌でねっとりと胸の先をくすぐられ、シアンの快感をますます煽る。

マティアスの無骨な手に握られているシアンの肉棒の先端からは蜜がしとどにこぼれ落ち、やがて頭が真っ白になった。

「あ、あ――っ！」

もう制御はできなかった。駆けあがってきた衝動のままに、シアンはとうとう欲望を吐き出してしまった。びゅっびゅっと卑猥《ひわい》な音を立て、白濁した体液がマティアスの綺麗に割れた腹筋を汚し、さらにシアンの細い腹部へと飛び散った。

「あ、あ、あ……」

達してからも快感の波がなかなか引かず、シアンは喘ぎながらシーツに爪を立てた。

寝所の枕元にあったサシェから漂う甘い薔薇の香りと、自分が放った青々しい果実のような匂いが混ざって、よりいっそう官能的な余韻をもたらしていた。

シアンは浅く息を吐く。臀部《でんぶ》は小刻みに痙攣《けいれん》し、後孔が物欲しげにひくひくと動いている。自慰行為ではけっして得られない、初めて経験する絶頂の時間は、想像のずっと上をゆく甘い愉悦をくれた。しばらく蕩《とろ》けるような心地に身を任せていたシアンだったが、マティアスにキスされてゆっくりと意識が戻ってくると、どうしようもない羞恥と後悔が襲ってきた。

いきなりやってくるあの賢者タイムだ。

シアンは青ざめた。自分はなんてことをしてしまったのだろう。止められないまま達してしまったなんて。汚してしまったなんて。

「マティアス殿下、あの、僕っ……ごめんなさ――」

慌てて身を起こそうとすると、今しがた感じていたマティアスの肉体の重みや、熱い体温が少しも感じられない。

シアンははたと我に返った。

マティアスの姿がそこにはない。

その代わりに、美しい獣が横たわっていた。

（嘘――マティアス、殿下？）

シアンはあまりに美しいその獣に魅入られていた。

整った美しい貌《かお》、光の加減で黄金にも輝くまだら模様の、気品のある毛並み、しなやかな筋肉のついた四肢、王者の風格を表した胸元の白っぽいふわふわの毛、長い尻尾――。

猛獣使いになってから動物の見分けができるようになった。これはただの白豹ではない。豹よりも毛が長い、雪豹だ。前世の世界では絶滅危惧種といわれている豹だ。

「マティアス殿下は、雪豹……だったんですね」

うっかり警戒を解いてしまっていたのは、脱力してしまったからではない。あまりにも美しい獣だったからだ。

それに警戒は意味をなさなかった。黒豹のレオンスがいきなり襲い掛かってきたことは覚えているが、雪豹の姿のマティアスはこちらには近づいてこないのだ。逆に後ずさるようにして下がると、小さな咆哮《ほうこう》を落とし、ベッドの端で丸くなってしまった。

もう少ししたら落ち着くから待ってくれとでも言いたげにバリアを張っている。

（僕を傷つけてしまわないように……？）

彼の誠実さとやさしさに胸を打たれて、シアンは自分から雪豹に近づく。雪豹の姿のマティアスが戸惑っている様子も伝わってくる。しかし彼は来るなと脅すことはない。ただじっと耐えている様子だった。

雪豹の姿であっても、戸惑っている彼が愛《いと》しく見えてたまらなかった。必死に理性と戦っているマティアスからしたらたまったものではないかもしれない。だからこそ、これだけは伝えたい。

「大丈夫です。あなたなら僕は怖くない。とても綺麗でかっこいい……素敵ですよ」

大事にしてくれてきたこの人を、受け入れて触れてみたい。そんな想いがこみ上げてくる。

「……っ」

明らかにマティアスは戸惑っていた。照れているのかもしれない。

「触れてもいいですか？」

シアンはそうっと雪豹に抱きつく。ふわふわした胸元の白い毛がくすぐったい。戸惑うように小さな吐息をこぼすと、好きにすればいいというふうに雪豹は再び横たわった。

「ごめんなさい。殿下……愛し合いたかったのに、僕だけ、気持ちよくなってしまいました」

恥ずかしかったけれど、せめてそれだけは伝えようと思った。雪豹はどうしていいかわからないというようにシアンに頬ずりをした。

「あ、あなたが求めるのなら、僕は、その……いつでも構いませんから……」

むしろ、結ばれたかった。彼の愛を感じたかった。それなのに、あっけなく限界を迎えてしまうなんて、やはり情けない。

『シアン、おまえこそが、私の運命の花嫁だ』

そんなふうにマティアスは言ってくれた。

本当にそのとおりだとしたら、シアンは幸せだと思う。

シアンは雪豹に抱きついてもふもふと顔を埋める。くすぐったそうにする雪豹に、シアンは思わずふふっと笑う。

それから雪豹は観念したのか、ここへ来るといいと言いたげに懐を空けてくれた。

シアンは雪豹の胸にしがみつくように横たわった。どんな姿をしていてもマティアスはマティアスだ。あたたかくて包容力がある、やさしい人。

身を寄せ合っているうちに、シアンはうとうととしはじめ、そのまま眠りへと落ちていく。

「……まったく、こんな気持ちになるのは初めてだ」

元の姿に戻ったマティアスが困ったようにため息をつき、愛しそうに見つめていたことには気付かないまま――。

◇＊4　花嫁編

翌日の朝――。

カーテンの隙間からきらきらと朝陽が輝いているのだと思った。

目を開くと、まるで彫刻のように美しい体軀《たいく》と、輝くような金色の髪を持つ人の姿がすぐ側にあった。

睫毛まで金色だ。きらきらと煌めいて、思わず触れてみたくなるくらい、綺麗だった。

寝姿に見惚れていると、彼の瞼がゆっくりと開き、琥珀がかったエメラルドの瞳が、僅かに動揺したように揺らいだ。

裸のまま二人で朝を迎えている状況に、マティアスはやや気まずそうにしつつ、ほんのり照れたように頬を赤くしてから、シアンの肩を抱き寄せた。

「身体は辛《つら》くはないか？」

シアンはこくりと頷く。耳に触れるマティアスの低い声が心地よい。少し擦《かす》れているように聞こえるのは寝起きだからだろうか。そんな些細《ささい》な発見が愛おしい。

昨晩愛撫された余韻はまだ残っていて気だるいが、それは幸福感の名残だ。

しかし、最後まで身体を許す前に一人果ててしまったことを思い出すと申し訳なくなってしまう。

「殿下は、その……戻られたんですね」

「ああ。なんとか我を取り戻せた。驚かせてすまなかった」

反省するようにため息をつくマティアスが、なんだか気を許した猫のようで可愛かった。

「いえ。僕こそ、抱きついたまま気持ちよくって……その、ごめんなさい」

意識がはっきりしていくにつれ、淫らに喘いでいた記憶が鮮明に思い出され、シアンの顔が赤くなっていく。

そんなシアンを見て、マティアスはくすりと笑った。

「私を怖がらないでいてくれたのは、おまえが初めてだ。やはり、私にはおまえが必要なのだな」

「僕にとっても、必要です」

ドキドキしながら見上げると、彼はやさしく微笑んだ。そして名残惜しそうに唇を軽く食む。

「ん……」

「……このままおまえと睦言《むつごと》を交わしていたいのは山々だが、行かなくてはならぬ。だが、覚えていてほしい。いつもおまえのことを想っている。改めてまたゆっくり話をしよう」

マティアスがそう言い、シアンの頬にキスをする。そして頭をやさしく撫でた。

「猛獣使いの仕事の件だが、一旦預からせてほしい。無論、おまえが寂しいというのなら猛獣舎への行き来は許可する。厩への立ち入りも構わない。何かあればメイドか近くの者に相談するといい」

「わかりました」

「メイドを呼んでおく」

マティアスはそう言い、着替えを手早く済ませ、部屋から出て行った。彼はすっかりもう仕事に向かう姿勢だ。

シアンはしばし放心する。マティアスのようにすぐに切り替えられる余裕はなかった。昨晩の残像がちらちらと脳裏をよぎって鼓動を速めてしまう。

ふと、素朴な疑問を抱いた。

動物の姿になっても中身は彼のまま変わらないし、意思疎通もできる。そうだとしたら、人外の姿のまま交わることはあるのだろうか、と。

（その前に僕は……したことないんだけど）

無我夢中だったからもうどうなってもいいと身を任せていたけれど、シアンはヴァージンなのだ。

あんなに逞しいマティアスを内側に迎え入れることはできるのだろうか。

シアンは想像するだけで頭が沸騰しそうになった。

ノックの音が響いて、シアンはハッとする。

「失礼します。お召し物をご用意いたしました」

メイドがやってきて、シアンは慌てて姿を取り繕う。だらしなく裸のままでいたら何が起きたかと思われるだろう。

（でも、ここはマティアス殿下の私室だし……）

外には常に衛兵がいる。あんなに淫らな声を上げたら、聞こえていたかもしれない。

シアンはこみ上げてきた羞恥心にいたたまれなくなり、布団を被って丸くなった。

「あら？　シアン様？」

メイドが困惑した声でシアンを探している。しかしシアンはすぐに顔を出せず、そのまま返事をする。

「そ、その辺りにご用意をお願い、します……すみません」

「まぁ」とメイドが呆れたような声を出し、くすくすと笑う。

「殿下にはお二人のことを伺っておりますから、大丈夫ですよ」

使用人はそのあたり慣れているようだ。

王宮での閨事《けいじ》の事情はそんな感じなのだろうか。

「そ、そうなんですか」

と問いかけつつもシアンは布団から離れられない。

恥ずかしいものは恥ずかしい。

「使用人たちとても嬉しく感じております。ですから、気持ちが落ち着かれましたら、どうか堂々とされてくださいな。それでは、私はこれで失礼します」

メイドが部屋から出て行き、シアンはほっとする。

そして改めてこれからのことを考えた。

マティアスに恋をし、彼に深く関わってしまった。彼を選んだ。もう取り返しはつかない。

シアンは着替えながらぼんやりと思う。

まだ解決していないことがある中、今後どんなふうに振る舞っていったらいいだろうか、と。

＊＊＊

着替えを終えたシアンはマティアスの部屋を出たあと、メイドに相談し、誰もいない湯殿に案内してもらい、一旦身を清めることにした。

そうでもしなければ、いつまでも煩悩に塗《まみ》れたまま、何も手につかなそうだったからだ。

汗を流してさっぱりしたあと、シアンは猛獣舎に行こうとしていた。周りの飼育係にもシアンが猛獣使いの職から一旦退《ひ》くことを説明し、挨拶しておかなくてはならないと思ったのだ。

しかしシアンが案ずるまでもなく、既にマティアスが説明してくれていたらしい。飼育係はいつでも顔は出してくれて構わないと歓迎してくれた。

ホッとしたシアンは、再び宮殿へと足を運ぶ。しかし任務を解かれてしまったから何もやることがない。

自室に戻ってこれまでの出来事をまとめてみようか、とシアンは思い至った。何か見落としていることがないか整理してみたかった。

あれから選択肢は現れていないが、マティアスを選んだ時点でルートが確定したと思っていいのだろうか。このまま悪いことは何も起きてほしくない。

『シアン、おまえこそが、私の運命の花嫁だ』

何度も鼓膜に蘇ってくるマティアスからの言葉が、シアンの胸を熱く焦がす。

できたらこのまま幸せな時間を過ごしたい。マティアスの気持ちを受け止め、彼の側にいて支えになれたらいいと願っている。

考え事をしながら歩いていたら、いつの間にか宮殿と猛獣舎のちょうど間にある裏庭をうろうろと回っていた。

シアンは頭を振った。恋の相手は王子様だ。次期国王となる御仁である。惚《ほう》けている場合ではない。

しかしこの悶々とした想いを誰かに聞いてほしい。一人では抱えきれそうにない。

ふと、セドリックのことが思い浮かんだ。愛嬌のある円《つぶ》らな瞳と懐っこくじゃれてくる可愛いセドリックを想像するだけで癒される。

厩への立ち入りは許可されているわけだし、顔を見てから部屋に戻ろうかと、回廊を通って厩の方へ向かったときだった。

「シアン！」

後方から名前を呼ばれてシアンは振り返る。

レオンスの姿を視界の端に捉えた。宮殿から出てきた彼は手を振って、こちらへとやってくる。彼はなんとなく決まり悪そうな顔をしている。それには心当たりがあった。

『俺は、シアンを気に入っている。求愛のつもりで誘った。それのどこが悪いんだ』

マティアスとレオンスのやりとりを思い出し、シアンは申し訳ない気持ちになってしまう。

「レオンス殿下」

「おぅ。兄上から聞いたぞ。正式に、おまえを花嫁として迎え入れるつもりだとな」

寂しそうなレオンスの表情を見ると、罪悪感に駆られる。彼は彼でシアンのことを求めてくれたのは事実だ。やり方は多少いやかなり強引であったとはいえ。

どんなふうに言ったらいいか躊躇っていると、レオンスが呆れたような顔をした。

「おまえは人が良すぎるな。俺の頬を一発殴ってもいいくらいだぞ」

と言って、レオンスは肩を竦めた。

「だが、謝る気はない。あれは俺の本気だ。その上で、兄上との勝負はついた。同情のようなものは俺たちの間には要らないんだよ。わかったか？」

「はい、わかりました」

「よし。兄上の花嫁と決まった以上は手は出さないから安心しろ」

レオンスはシアンの頭をぐりぐりと撫でる。恋の対象から弟か友達にでもなったかのようだ。

からっとした表情は気持ちのいいものだが、彼のことをどこまで信じていいかどうかは正直計れない。

　すると、横から声がかかった。

「ご心配のようですね、シアン様」

　振り向くと、ジュストの姿があった。セドリックを連れている。公務から戻って厩に行くところだったのかもしれない。会いたかったセドリックの姿が見え、シアンの気持ちが浮上する。

「結婚式が無事に済むまで、私がしっかりと見張っておきましょう」

「なんだよ。グルだったのか？」

　拗ねたようにレオンスは言った。

「グルとは、なんのことか」

　顔に微笑みを浮べたままジュストは言った。

「シアンと兄上の仲がうまくいけばいいと、思っていたんだろう？」

「事実うまくいったではないですか。きっと、あなたにはもっと良い方がいるのでしょう。運命とはそういうものですよ。私が妻を見つけたように」

「はぁ。今度はのろけかよ」

　レオンスは渋い顔をした。

　ジュストは鷹揚にその場をとりなしてから、シアンの方に微笑みかけた。

「セドリックに会いたくなる頃ではないかと、マティアス殿下より命じられましたので、連れてまいりましたよ」

「ありがとうございます」

セドリックに手を伸ばして顔からそっと抱きしめる。ブルンと嬉しそうに鬣を揺らして身体を擦りつけてくる様子は、出逢った頃と変わっていない。

「くすぐったい。かわいいなぁ。セドリック」

じゃれ合っていると、レオンスとジュストも微笑ましいという顔をしていた。

「それじゃあ、次は婚約発表だな。楽しみに待っているぞ。シアン」

レオンスはニッと豪快な笑顔を見せると背を向け、ひらひらとうしろに手を振った。シアンはレオンスとうまく和解できたようでほっと胸を撫で下ろす。

「シアン様、刻印のことを殿下にお話しされたようですね」

「はい。昨夜、正直にすべてを告げました」

そうですか、とジュストは言いながら、セドリックを撫でた。

「今後、シアン様が花嫁として迎え入れられるのなら、運命共同体になるわけですから、それがよいでしょう」

ジュストは騎士の顔に戻ったままだ。昨日のように砕けた話をするつもりはもうないのだろう。

彼は騎士となる道を選んだ人なのだから、もう聞き出すこともしてはいけないだろう。きっと迷惑になる。そんなふうにシアンは悟った。

「これからどうしたらいいか……正直、途方に暮れています。けれど、マティアス様の側にいて、力になりたいという気持ちだけは固まっているんです」

「それでよいのではないですか。一朝一夕というわけにはいかないでしょう。ですが、やっと花嫁を迎えられるという喜びは、殿下にとって何にも代えがたいものですよ。どうか、臆することなく、幸せな時間を過ごせるときを大事にしてくださいね」

「はい。ありがとうございます」

「では、またいつでも厩の方にも顔を出してください」

ジュストからの祝福の言葉を胸に、シアンは笑顔でセドリックを撫でてから、彼に頭を下げた。

＊＊＊

それから数日が経過し——。

王宮の中では、マティアスとシアンの婚約が認められ、近く婚約発表のためのパーティーを開くことになるだろうという話でもちきりになっていた。

マティアスからはその件についてもまた話をすると言われたが、しばらくマティアスが公務に追われていたため、ゆっくりと話をする時間が持てていない。

あの触れ合い以降、マティアスと顔を合わせる時間があまりないことが寂しく、周りだけがどんどん話を進めて動いていこうとしていることをシアンは少し不安に思っていた。

そんなある日の夜――。

なんとなく寝付けず灯《あか》りをつけて読書していたときだった。燭台《しょくだい》の灯りがちかちかしはじめていた。

やがてそれがふっと消え、真っ暗で何も見えなくなってしまう。

わざわざ遅い時間にメイドを呼びつけるのもどうかと思い、シアンは本を閉じた。

「久しいな。おまえとこうして会うのは」

突然どこからか声が聞こえ、シアンは驚く。しかしその声には聞き覚えがあった。

今度はどこから湧いてきたのか。

目を凝らすと、黒いローブに身を包んでフードで顔を隠した謎の魔術師がいた。

「あなたは、いきなり現れて、いきなり消えて……また現れて。もう少し登場の仕方をどうにかした方がいいですよ」

一体どこから入ってきたのか、部屋の扉は開いていないし、窓も閉まっている。しかし牢屋をすり抜けていたことを覚えているので、突っ込むのも面倒になった。

謎の魔術師は拗ねたように唇を曲げた。

「心外な話だ。おまえが視えていないだけで、私はいつでもおまえの側にいたのだ」

「……ぞっとすること言わないでください。あなたは何なんですか。この世界のゲームマスターとか言いませんよね」

薄々疑っていたことを、シアンは問いかけた。そうでもなければ、こんなに謎の魔術師にとって都合がいいように話が進むわけがない。

「はて。私はおまえに伝えたいことがあるときだけ、こうして直接姿を見せる。ただそれだけのこと」

謎の魔術師は愉《たの》しげに微笑んで、窓に寄りかかった。相変わらず顔ははっきり見えない。フードを脱ぐ気はないらしい。

「そうですか。今度は何を言いたくて現れたんですか」

「ふむ。おまえの中の花は、運命の相手を定めたようだな。模様が変化している」

謎の魔術師はそう言い、どこから調達したのかあるいは魔法なのか、手の中から一輪の花を出して見せた。

シアンはとっさに自分の手首に視線を落とした。確かに花の模様が、蕾から花びらが開いたように微かに変化していた。

「これから、ゆっくりとその花は開いていくだろう。その花の香りも色も形も、すべておまえ次第で変化する。けっして、枯らしたり散らしたりすることのないよう、引き続き、務めを果たすとよい」

謎の魔術師は指でいたずらに花びらを愛《め》でながら意味深な嗤い声を立てる。

なんだか偉そうに言われるのが腑《ふ》に落ちない。まるで人のことを実験動物か何かのように考えているようだ。

「あなたは今までどこにいたんですか。高みの見物でもしてたんですか？」

「おまえに与えられた使命はもうわかっただろう。以前のおまえがいいと言うなら元に戻すことも不可能ではないかもしれない」

「それは結構です。あなたの手のひらの上で転がされていたということはわかってますけど、これでも少しは感謝もしているんです」

謎の魔術師はふっと、目を細めて微笑をたたえている。やっぱり前言撤回してしまおうか。

「うまくやるといい。私の助言が必要であれば、いつでも力になろう」

そう言い残すと、謎の魔術師はまたどこかへ消えてしまった。と同時に、部屋の灯りが元に戻った。さっきの異変自体が謎の魔術師のせいだったらしい。だが、本の続きを読む気にはなれなかった。

「また消えたまましばらく出てこないんだろうな……」

シアンはため息をつく。

やはり彼はこの特殊ルートだけに存在するキャラクターなのかもしれない。今のところ助けにはなっているし悪いことは起きていないが、完全に信用していいかどうかは判断しかねる。

と、ノックの音が聞こえ、シアンは返事をした。

「シアン様、マティアス殿下から部屋に来るようにとのことです」

衛兵の声だった。

「わかりました。今から行きますと伝えてください」

シアンはシャツの上に羽織るものを着ると、部屋を出てマティアスのところへ向かった。

部屋を訪ねると、マティアスはバルコニーの窓を開けて風にあたっているようだった。

「シアン、こちらへ」

声をかけられ、シアンはバルコニーへと出る。

ブルーノア王国の夏の夜風は涼しく心地よい。

空はよく晴れていて藍色の空に満月が明るく輝いている。

ふわりとマティアスの香りが近づいた。うしろから彼に抱き寄せられていた。

「しばらく構えなくてすまなかった」

マティアスはそう言い、シアンの腹部に腕を回した。

「そんなこと……」

シアンはマティアスの腕にそっと手を添え、首を横に振った。すると、マティアスが顔を覗き込んできた。

「寂しかったと顔に書いてあるようだ」

「えっ」

シアンはとっさに空いている手で自分の顔に触ってしまった。マティアスにくすりと笑われてしまい、からかわれたのだと理解する。

「素直でよい。私はおまえのそういうところが好きなのだ」

「……っ殿下、さては酔っていらっしゃいますね？」

　少し恨めしい顔をして尋ねる。

「私が酔うことがあるとしたら、おまえにだけだ、シアン」

　そう言い、マティアスはどこに隠していたのか、一輪の赤い薔薇の花を差し出した。

　情熱的な色に染まったその花びらは、マティアスの心を具現化したのだといわんばかりに、シアンの目に強く焼き付けられる。

「部屋に飾るといい。おまえは花が好きだろう」

「はい。ありがとうございます」

　シアンはマティアスから薔薇を受け取り、照れ隠しに芳醇《ほうじゅん》な甘い香りを嗅ぐ。さっきマティアスから感じた香りはこの花だったようだ。

　薔薇の香りは強いが、花はどんな花でも好きだ。灰色に曇った心を元気づけてくれ、やさしく癒してくれる。前世の自分がバイト先に花屋を選んだのもそういう理由からだった。

　そういえば、ひょっとしてその縁があったおかげで今があるのだろうか。もしそうだとしたら、前世の自分を少しでも肯定してあげられる気がする。

　シアンは無意識に微笑んで花の香りを吸った。

　不意に、花弁の中にきらりと光るものを発見した。なんだろうと思い、指で軽く花弁をよけると、金剛石のついた指輪が顔を出した。

「え、これって……」

　シアンは思わずマティアスの方を振り仰いだ。彼は気付くまで黙っているつもりだったらしい。

　マティアスはその指輪を手にとると、シアンの真正面に向き直った。

「私からおまえに贈り物だ」

「指輪を……？」

「私と結婚してほしい。おまえを花嫁として迎え入れたいと思っている。頷いてくれるか？」

　まさかプロポーズをしてもらえるとは思わなかったシアンはしばし混乱する。

　顔を合わせていないうちに、心変わりするのではないかと不安を抱いていた。自分は彼にふさわしくないのではないかと悩んだ。マティアスの情熱を前にしたら、そんな悩みは些末なことのように思えた。

　マティアスがこんなにも自分を大事に考えていてくれたことが嬉しくて、じわりと涙がこみ上げるのを我慢し、シアンは頷く。

「……はい」

　すると、マティアスの手からシアンの薬指に指輪がゆっくりと塡《は》められる。

「おまえを幸せにすると誓う。これは、おまえへの愛と、約束の証だ」

「はい。マティアス殿下」

涙をこらえて鼻を啜りながら、シアンは頷く。

すると、マティアスはシアンの目尻にキスを落とした。

「そのよそよそしい敬称はそろそろやめないか」

「では、マティアス様とお呼びしても？」

「いや、二人きりのときは名だけでよい」

「すぐには、無理ですよ」

押し問答をしていたら、マティアスが気恥ずかしそうに視線を逸《そ》らす。

「まあ、今はそれでよいか。私はどうも気がせいているようだ。おまえのことがあまりに愛おしいゆえに、もっと近くに在りたいと望んでしまう」

マティアスが熱っぽく瞳を揺るがす。彼の気持ちが嬉しくて、シアンはマティアスに寄り添った。

「僕も、もっとマティアス様の近くに、側にいたいです」

「今後、私たちの婚約を発表する機会をもうけたい。よいだろうか？」

シアンは頷く。

すると、マティアスはやさしく抱きしめてくれた。

どちらからともなく顔を近づけて、ゆったりと口づけを交わす。唇が触れ合う心地よさに、シアンは目を瞑った。

なんて幸せなのだろうか。何も余計なことは考えたくない。マティアスのことだけを想っていたい。

シアンは切望する。

離れがたくて何度もキスをした。ただ密着しているだけでは物足りなくなり、やがてキスはどんどん濃密なものへと移ろっていく。

搦めた舌が這うたびに、ぞくぞくと甘美な欲求がこみ上げてくる。舌を吸い淫らに搦め、互いの吐息が口腔《こうこう》をくすぐる。その感触があまりに気持ちよくて、シアンはマティアスの腕にしがみつくようにしながら顎を突き上げ、甘美な舌戯を夢中で受け入れる。

「……はぁ……ん」

「シアン……」

あまりに夢中になっていて酸素が足りなくなっていた。唇が離れたあと、マティアスは荒っぽい吐息混じりにシアンの耳の側で囁いた。

「おまえを抱きたい。今夜は、私から離れないでくれ」

熱望するマティアスの声は、ぞくぞくと痺れるくらいに心地がよかった。返事の代わりにシアンはマティアスの背に回した手に力を込め、こくりと頷き返した。

マティアスに腰を抱き寄せられ、バルコニーから天蓋付きの立派なベッドへと移動する。薄絹のカーテンが閉められ、月光以外に灯りはなく、互いの素肌だけが浮かび上がっていた。

少しでも離れている時間が惜しいと、着ているものを脱ぎながら幾度となく唇を重ねた。衣擦《きぬず》れの音と乱れる吐息が微かに響いて、よりいっそう官能的な気分を高めていく。

気持ちが激しく昂っていた。やがて張り付いてくる衣類がもどかしくなって雑に脱ぎ捨てながらベッドへと倒れ込む。

マティアスに覆いかぶさられ、シアンは彼の背に手を伸ばす。身体がとても熱い。触れ合った胸からは激しい鼓動が伝わってきた。密着すると、どちらのものかわからなくなるくらい、お互いにドキドキしている。

「あ、……」

耳や首筋にキスをされ、シアンはぞくぞくしながら熱の籠った吐息をこぼす。マティアスはシアンのうなじの刻印に触れ、鎖骨を舌でくすぐった。

「あ、あ、っ……」

「おまえの弱点でもあるのだろうな」

そう言いながらマティアスは鎖骨の下の皮膚を吸い、緊張していた胸の先端に軽く歯をあてがう。

「ひ、ぁっ……」

びくりと腰を浮かせそうになる。

刺激によってさらに隆起した胸の粒を、マティアスはやさしく舌先で擦ってから吸い上げた。

「ん、あ、んんっ……」

淫らな音を立てながら何度も責められ、シアンは瞳に涙を溜《た》めた。

「おまえはここを愛されるのが好きなようだ」

マティアスは反対側の胸の先も丁寧に舐め上げ、淫らなその花芽を懲らしめるように、きつく吸った。

「ん、……あぅ……」

シアンは思わず仰《の》け反《ぞ》った。ぬらぬらと胸の先が濡れている。マティアスの形のよい唇に愛され、昂っていく。淫らな水音を立てながら、マティアスはシアンの胸を舌先で弄《いじ》った。そしてまた激しく吸引する。舐め上げ、甘く噛んで、そしてやさしく吸う。

「は、あっ……ん、あぁ……っ」

「どうだ。気持ちがよいか」

いじわるに、でもやさしく、マティアスはシアンの快楽を引き出そうとする。嗜虐《しぎゃく》的な行為すら快感になってしまう。

「いい、です……もっと……」

乳首への愛撫に酔いしれ、脇腹まで舐められると、緊張しつつあった屹立《きつりつ》がびくりと天を仰ぐ。マティアスへの激しい想いがますます昂っている証拠だった。

まだ触れられてもいないうちからマティアスに愛されることを想像し期待して、ぽたぽたと先端から雫がこぼれて腹部を濡らしてしまう。それを舐めとろうとしたマティアスの唇に、シアンはそっと指を添えた。

「ここを愛されるのは嫌か？」

「僕が、今度は……僕が愛したいです」

シアンが切実に訴えると、マティアスは許してくれた。とはいえ、どんなふうに愛したらいいかわからない。

マティアスの逞しい刀身をおそるおそる触ってみる。ドキドキしながらそっと手を添え、シアンは舌を這わせた。微かに震えを感じ、マティアスが感じてくれたと思うと嬉しくて、シアンは浮かんでいる血管を辿るように何度も舐め上げ、それから先端に吸い付いた。

「……っ」

マティアスの唇から熱っぽい吐息がこぼれる。そしてシアンの髪をやさしく撫でてくれた。

シアンは口いっぱいに広がるそれを咥《くわ》えながら、マティアスを見上げた。

余裕のないような獣の瞳と目が合う。いつも大らかなマティアスの中にこんな獰猛な欲望があるなんて。

意識したら、シアンの中の血液が沸騰しそうになった。息が苦しかった。刻印が赤く染まっていくのを感じて、シアンは唇を離した。

「マティアス様、平気……ですか？」

この間のことを思い出し、シアンはマティアスを案じた。

「ああ、今夜は大丈夫だ。別の意味で……参っているが」

マティアスはそう言うと、シアンのうなじにキスをしながら、うしろから抱きしめてきた。

「あっ……」

マティアスの硬く張りつめたものが太腿の辺りに擦りつけられ、シアンはびくりと臀部を揺らした。

それからマティアスはシアンの膨らんだ肉棒を握ると、やさしく手のひらで揉みしだきはじめた。

「気持ちよかった。今度は、おまえを愛してやる」

「……ん、マティアス、様っ」

丸く膨らんだ先端を捏《こ》ね回し、根本から先端へと強弱をつけながら手を動かす。その間も我慢できずにこぼれた愛液のせいで肉棒はぬらぬらと光り、マティアスの手を濡らしていく。

「どうだ。気持ちいいか？」

「あ、んん……気持ちいい、です」

耳朶を舐められ、胸を指先で擦られながら、同時に肉棒を丁寧に扱かれると、頭が真っ白に染まりかける。

「私の花嫁は、健気《けなげ》で愛らしい。だが、私の前では、いやらしく乱れてもいいのだ。我を忘れて……」

「あっんん、そんな……っ……」

体中が熱くてたまらない。膨れ上がった欲望は、今にも爆《は》ぜてしまいそうだった。

「かわいい、シアン。たっぷりと愛液が溢れてくる。私を感じてくれているのだな」

「あ、っあっ……マティアス様……きもち、いいっ……」

「ああ。もっと、もっと……感じてくれ」

そう言いながらマティアスが手の動きを淫らにどんどん速める。

「だ、めっ……あ、あ、出ちゃうっ」

「いい、構わぬ。そのまま……いくらでも気をやってよい」

シアンは仰け反るように腰を揺すった。マティアスは止まることを許してくれない。シアンをそのまま高みへと昇りつめさせた。

「あぅ、あ――っ」

びゅくびゅくと噴きこぼれるように盛大に達して、シアンは泣き啜るように喘いだ。

「ああ、濃い匂いだ。これが、おまえの香りか……たまらないな」

マティアスは興奮したようにシアンの残滓《ざんし》を吸い、丁寧に舐め上げる。

「ん、んんぅ……マティアス、様っ……だめ、また、イっちゃうっ」

「よい。いくらでも感じていろ。おまえのすべて……私が飲んでやる」

愛している彼にされるがまま感じていたら、恥ずかしいのに気持ちよくて、そのまま二回目を出してしまい、激しく身体を痙攣させたあと、シアンは本当に泣きたくなった。

「すまない。もっと泣かせるかもしれない」

マティアスがシアンの目尻に流れた涙を舐めとった。

それからキスで慰めてくれたあと、マティアスはシアンの腹部を軽く持ち上げた。

シアンは四つん這いの体勢になり、枕にしがみついた。ひくひくと痙攣する後孔に愛液をたっぷり塗りつけられ、それからマティアスの先端があてがわれた。

「ここへ受け入れたことは？」

　シアンは緊張しながらううんと首を振る。

「初めてです」

　耳まで赤くなっていることを悟られまいと枕に顔を押し付ける。そう、シアンはヴァージンだ。お付き合いしたことはないのだ。さっきみたいに愛されたことも、深く交わったことも、前世でも転生してからも一度もない。どうなってしまうのかも見当がつかない。

「喜ばしいことだな。私がおまえの初めてになる。そして、これから先ずっとおまえは私だけのものだ」

　独占欲をあらわにするマティアスは初めてだった。それほど嬉しかったのだろうか。彼の想いが伝わってくるとシアンの胸はいっぱいになってしまう。

「あまり無理をさせないように務める。おまえは辛かったら素直に言うんだ」

「はい……」

　ドキドキしながらシアンは力を抜くように試みる。マティアスのあんなに逞しいものが自分の内側に果たしておさまるのかどうかわからない。

　だから想像しないようにした。ただただマティアスと結ばれたいという気持ちで心をいっぱいにする。

構えていると、先端がゆっくりと押し広げるようにして入ってくる。

「力をあまり入れないように、そう言っても無理かもしれないが……」

マティアスも辛そうだ。狭い場所に進めるのだから当たり前かもしれない。それならできるだけ力を抜きたい。けれど、拓《ひら》かれていく感触が伝わるにつれ、どうしても力が籠ってしまう。

「あっ……ぅ」

シアンは思わず背を反らした。異物感が強くなる。それは不快感でもあった。今すぐにでも抜いてほしいような気がする。息を逃しながら受け入れつつ、やっぱり逃げたい気もする。けれど、征服されていくことが心地よくも感じていた。アンバランスな感情が芽生えつつ、シアンの中はどんどんマティアスに深く埋め尽くされていく。

「は、あっ……あっ……」

じんじんとする痛みが広がって、シアンは汗だくになりながらマティアスを受け入れる。お腹がいっぱいになるような熱い感触があって、シアンはふっと息をついた。どくどくと脈動が伝わってくる。まるで心臓が埋められたみたいに。

「わかるか？　私がおまえの中にいる……」

「ん、……あっ」

シアンは頷く。痛い。熱い。苦しい。切ないくらいに尊くて。シアンの瞳に涙が浮かぶ。

「続けられるだろうか？　無理はしたくない」

「大丈夫、です。してほしい。マティアス様でいっぱいに……」

「ゆっくり動く。無理だったら、すぐに言うんだ」

「はい……」

それでもきっとシアンはやめてほしいなんて言わない気がした。早く彼のものになりたい気持ちの方が強かったのだ。

やがてなじんで緊張が綻んだ中、マティアスがゆったりと抜き差しをはじめた。腹の中に穿《うが》たれる情熱が、じんっとシアンの熱望の先まで伝わって、さっきあれほど出したばかりなのにもう勃《た》ちあがってしまっていた。

それに気付いたらしい。マティアスの手が前に回ってきて、シアンの屹立をやさしく握ってきた。

「マティアス様、だめ……」

「この方がきっと痛みが和らぐ。おまえも一緒に感じられる」

痛くて苦しい。でも嫌じゃない。そればかりか、どんどん淫らな熱がこみ上げてくる。

マティアスに深くまで求められることが幸せで、泣きたくなってきていた。

「あ、あ、――っ」

シアンは前とうしろから与えられる愉悦に追い立てられ、がくがくと震えていた。マティアスの動きが激しく乱れる。彼もまた切羽詰まったように、息を吐いた。

感じてくれていることが嬉しくてますます気分が高まっていく。内部を掘削される動きに合わせて、前が張りつめる。先に達してしまわないように、シアンはこらえにこらえた。マティアスの質量が膨らんで硬く張りつめていることがわかるから。

彼に思いきり達してほしい。気持ちよくなってほしい。その一心で枕にしがみつき、臀部に叩きつけられる律動を受け止める。けれど、前で扱かれていた愉悦が、ぱちぱちと叩かれるたびに爆発しそうになる。

「ああ、シアン……」

たまらないといったふうにマティアスがより深く求めてくる。愛おしそうに前を手で捏ねまわしてくる。その愛撫に耐えきれない。

「僕、もうっ……！」

頭が真っ白に染まりかけたとき、体内でどうっと熱が爆ぜた。マティアスの激しい呼吸が大きく聞こえた。シアンもまた喘ぎながらびくびくと痙攣する。

中が収斂《しゅうれん》していた。マティアスが胴を震わせると自身を引き抜き、シアンの背中にびゅるびゅると吐精する。

「は、はっ……あっ……ぁっ」

「……シアン、……は、っ……大丈夫か？」

「ん、……マティアス、様……」

横たわったシアンの腹部に垂れたマティアスの残滓は、シアンの残滓と混じって流れていく。

互いの荒々しい息遣いが交互に聞こえていた。心臓がどくどくと激しく、汗が噴きこぼれていく。そのまま倒れ込むと、マティアスはシアンを抱き寄せ、額へ、瞼へ、そっとキスをした。

「マティアス様、ごめんなさい。力が入らなくて……」

「私の方こそ、もう少しやさしくするつもりだったのだが。だいぶ無茶をさせたのではないだろうか」

マティアスは本当に心配そうに見つめてきた。シアンは体内に残る鈍い痛みを感じながら、首を振った。

「嬉しいです。初めて……一つになれて」

マティアスの逞しい胸に頬を埋める。彼の心臓の音が激しいリズムを刻んでいて、それがとても愛おしかった。

「シアン……これからも、おまえは私のものだ」

マティアスの抱きしめる腕の力が強くなる。

「もちろんです」

おずおずと顔を上げると、やさしく瞼にキスされてシアンは目を眇《すが》めた。それから改めて見つめ合い、微笑みあった。

「愛している。シアン」

「僕も。愛しています……マティアス様」

二人はお互いの想いを告げてキスをする。気だるい心地よさの中、幾度となく唇を食み合い、お互いの火照りがおさまるまでずっとそうしていた。
それは、長い、長い、愛の誓いを表わすかのようだった。

***

正式に婚約発表がなされた日――。

城の中は盛大なお祝いムードに溢れていた。侍女たちは自分のことのようにどこか浮《うわ》ついているし、衛兵や騎士らからおめでとうございますと声をかけられ、シアンは落ち着かない気持ちだった。

マティアスとシアンは同性婚だ。雌雄を問わない婚姻は人外である秘密を知る王族と城に仕える臣下以外に明らかにすることは許されない。そのため、シアンの存在は異国はもちろん国民にも知らされない。公にされないよう調整されている。

もしも相手が異性だったら、国内外から来賓を招いて盛大に舞踏会を開いていたかもしれない。シアン自身は地位や身分に拘《こだわ》りはないが、次期国王となる王子と婚約した時点で、公式行事のようなものに参加しなくてはならない覚悟は一応してはいたのだが、実際は逆だった。

その件で、マティアスはシアンに疎外感を与えるのではないかと気にかけてくれたが、あまり表に出ることが得意ではないシアンは内心ほっと胸を撫で下ろしていた。しかしすべてマティアスに押し付けるようで申し訳なかった。

今の自分はただのお飾りの婚約者でしかない。花嫁として正式に婚姻を結んだあとにそれでは周りが納得しないのではないだろうか。そのことでマティアスの評価が下がるのは本意ではない。

自分にできることはきっと少ないだろう。でも、マティアスを支えるために努力することはやぶさかではない。

『おまえが私の大切な花嫁であることには変わりない。どうか気に病まないでいてくれ』

国民に紹介できないことは、けして祝福されないことではない、とマティアスがフォローしてくれたことが救いだ。

（前世だったら結婚できなかったわけだしなぁ……）

ジェンダーレスの問題が取り沙汰されるようになっていた前世でも結婚に関することは保守的だった。同性間では、せいぜいパートナー制度ができたくらいだ。同性婚自体はできなかった。自分があのあと生きていた先の未来ではどうなっていたかはわからないけれど。

シアンは無意識にため息をついた。前世のことを思い出すと、なんだか随分と遠いところまで来てしまった気分だった。

ゲームとそっくりの世界。否、おそらくゲームそのものの世界に転生した。最初は悪役令息として、次は謎の魔術師により導かれ、猛獣使いにジョブチェンジして、今や次期国王となる人と結婚することになるなんて。これはいわゆる人生逆転シンデレラストーリーといえるかもしれない。

　同性婚というだけではなくてまさか王子が獣憑きの呪いによる人外――であることは由々しき事態として特筆すべきだが。

　でも、そんなのは些末なことだと思えるほど、マティアスを愛してしまったのだ。彼の愛を知らなかった自分には戻れない。

　しばし自室のバルコニーの手すりに寄りかかり、はるか遠い過去に想いを馳せていると、ノックの音が響いた。

　訪ねてきた人物は、マティアスの側近の一人、ミゲルという男性だった。彼はなにやら神妙な面持ちをしている。落ち着かない様子で手を擦り合わせていた。

「シアン様に、どうしてもお話を伺いたいことがございます。少しだけお部屋によろしいでしょうか？」

「はい。なんでしょうか？」

「今回の婚約の件、城の者は大変喜んでおります。これまで何百人という候補がいましたが、殿下は花嫁をお選びになりませんでした。長い間ずっと臣下は気を揉んでいたのです。ですから、此度《こたび》のことで皆ホッとした気持ちでおります。殿下には幸せになっていただきたい。次期国王となられる御方ですから。私も同じ気持ちでおります。ですが――」

　途中で言葉を止め、その先を言いにくそうにミゲルは表情を沈ませた。

「何か問題があるのでしょうか？」

シアンの方が不安になってしまい尋ね返した。

「シアン様、あなたにこのことをどうしてもお聞きしなくてはなりません」

そう前置きをした上で、ミゲルはまっすぐにシアンを見た。

「人とは違う獣の子を産む覚悟はありますか？」

あまりに唐突な問いだった。

「それは……」

花嫁になると決めたときにも考えた。結婚したらいずれはそういうことになるだろう。男である自分がどんなふうに妊娠し、出産することになるのかはまだわかっていないけれど、魔術が存在する世界なのだから可能なのだろう。雌雄を問わない人外である王子でも、世継ぎを必要としているのは確かだ。

ただそれは、まだずっと先のことのように感じていた。そんなシアンの揺れる気持ちを察したらしい。

「殿下の側近の一人として、ご忠告申し上げます」

ミゲルは厳しい表情のまま言い添えた。

「愛だけでは乗り越えられないこともあるでしょう。耐えうるほどの強い想いと精神力がなければ、あなた自身が苛《さいな》まれることもあれば、御子に喰われる恐れもある。あるいは、絶望に精神を蝕《むしば》まれるかもしれません」

——御子に喰われる恐れもある。あるいは、絶望に精神を蝕まれる。

それを聞いて、シアンは前にジュストから聞いた話を脳裏に思い浮かべていた。

『獣化した際に制御が効かなくなり、止めに入った母上を喰い殺そうとしたからだ』

……そう言っていたことを。

マティアスに愛され、幸せな時間を過ごすうちに麻痺《まひ》していたのか、どこか現実味のない話だと捉えていたのかもしれない。今、ミゲルにはっきりと言われ、シアンは目が覚める思いになった。

愛さえあればなんとかなるということはない。この世界は前世と同じかそれ以上に無慈悲な側面がある。

もしもマティアスの子を宿したら、とシアンは自分に置き換えてみた。愛する人の子どもに殺されるかもしれない。その様子を見てしまったマティアスは絶望しないだろうか。子どもを許せるだろうか。

ジュストが王妃を喰い殺そうとした場面をマティアスは一度見ている。そのこともあり花嫁選びに積極的になれなかったこともあるのではないだろうか。

シアン自身は死を一度体験している。前世で事故に遭い、この世界でも死にかけた。以前なら自分はどうせ不運の持ち主なのだからと諦め、死ぬことが怖いと思うことはあっても、もうどうしようもないことなのだとどこか受け入れていた部分はあった。

けれど、第二の転生人生以降、生まれ変わった気持ちでマティアスと出逢い、彼に恋をし、彼を愛している今、一緒に生きていきたいと強く想っている。死ぬことは怖い。失うことはもっと怖い。

「僕は、マティアス殿下を心から愛しています。それだけは揺るぎません」

「ええ。それはわかっています。だからこそ、皆、案じているのです。愛を深く知ったあとの絶望は、如《い》何《か》ほどでしょうか。いっそ愛のない結婚の方がよかったとさえ思うほどに」

その言葉は、深くシアンの胸に突き刺さった。

愛しているからこそ、マティアスに喰われるなら構わないとさえ思うかもしれない。しかしその後に、残されたマティアスがどれほど絶望するだろうかと考えると、胸が引き裂かれそうに痛くなる。彼を傷つけることなんてしたくない。

「生きたまま獣に喰われる恐ろしさ、その光景を見た者の絶望は——図り知れません。世継ぎのことは大事ですが、あんな惨状になるくらいなら……とも私は思うのです」

ミゲルは目を伏せた。きっと彼はジュストと王妃の事情を知る一人なのだろうと、シアンは悟った。おそらく、ミゲルは一度恐ろしい場面を見たであろうマティアスのことを心配しているのだ。

「シアン様に覚悟はありますか？　それをお伺いしておきたかったのです」

シアンはすぐには言葉を返せなかった。

頭の中を整理している間に、目の前に選択肢が浮かんだ。

『覚悟がある』『覚悟はない』『わからない』

三択のうち『わからない』が点灯したまま動かない。

覚悟とはどの程度の覚悟を言うのだろうか。

殺されても構わないくらいの想いのこと？

愛する人が絶望しても構わないという無慈悲な意思のこと？

好きな人と一緒にいたい。幸せにしたい。愛している人の側にいたい。支えになりたい。

それだけではいけないのだろうか。そんな甘いことでは花嫁になる資格がない、ということなのだろうか。

ここで現れた選択肢に不安になる。

不安と恐怖が胸にせり上がってくる間にも、目の前にはカウントダウンの数字が表示される。

（僕はまた何かを失うのか？　その暗示なのか？）

——五、四、三……もう残り少ない。

どうしよう。どうしたらいい。焦りばかりが生まれる。選ばなければいけないのに、どの選択肢のあとも、悪い予感しか浮かばない。

——二、一……。

シアンは意識的に選ぼうとしていた。けれど、なぜか脳が強張ったまま少しも動かない。選択肢は『わからない』のまま消えていった。

シアンは茫然としていた。結局、選べなかった。

以前にも時間制限のある選択肢は出現した。あのときは王宮で働くか断るかの二択だったと思う。悩んだ末に王宮で働く表示のまま見送った。結果的には納得した選択だった。けれど、今は本当に動けなかった。ゲームのシステム的には、元々そういうギミックで固定された選択肢というものもある。でも、そういうのとは違った。シアンの中の迷いを見透かされた感じだった。

ミゲルは頭を下げ、シアンの元を去った。

側近である彼はマティアスのことを心配している。その気持ちは伝わってきた。だからシアンに覚悟を問うた。その覚悟がないなら傷つくだけだから身を引けということなのだろう。

マティアスはただ花嫁だけを欲しているのではない。形式上だけでいいなら、もうとっくに用意された花嫁候補の中から迎え入れていただろう。

マティアスは自分が好きになれる人を探していた。そして世継ぎとなる子どもを欲しがっている。だからこそ、猛獣を扱える特別な能力を持ったシアンに目をかけ、彼を花嫁にと望んでくれたのだ。

（でも、期待に添えなかったら……？）

＊＊＊

その日の夜はマティアスから誘われたが、気分が優れないと言って断った。

心配させないように、ちょっとした疲れだと思うと告げた。ミゲルに言われた言葉が頭にこびりついて、どんな顔をしていいかわからなかったのだ。

シアンは鬱屈した気分のまま早々とベッドに横たわった。

眠ろうと思えば思うほど、目が冴えていく。やたら広い天井の模様がすぐ近くに感じられるような圧迫感に恐怖を感じた。

目をぎゅっと閉じて暗闇の中に身を預けてからどのくらいの時間が経過したのだろう。

やっと眠れたと思ったときには、怖い夢にうなされていた。

シアンが苦しんだ末に産んだ子がシアンを喰い殺す。マティアスが絶望に顔を歪める。凄惨たるその光景が広がり――。

「――そんなのは嫌だ」

恐怖のあまりにシアンは慌てて起き上がった。

はぁはぁと荒い呼吸をなんとか整える。激しい動悸《どうき》がしていた。全身に嫌な汗がじっとりと張り付いている。内臓の奥からこみ上げてくるものが我慢できずに吐きそうになった。

それから二度寝することもできず、白々と明けていく空をぼんやりと眺めていた朝――。

シアンは眩暈に襲われていた。うまく眠れなかった上にあまりにも深く考えすぎたからかもしれない。そして、選択肢を選べなかった自分を悔いていた。

大丈夫だ。きっとマティアスと一緒だったら乗り越えていける。そんなふうに自分を励ましながら、なんとか気持ちを盛り上げようと試みる。けれど、鬱々した気分は一向に晴れない。

マティアスの顔を見たら少しは落ち着くかもしれない。そう思って執務室を訪ねたが、彼は御前会議に出ているらしい。

空振りしてしまったシアンはとぼとぼと帰路につく。

城の中では皆忙しく動いている。婚約発表のあとは結婚式に向けて準備がはじまっている。シアンが悩んでいる間にも、彼のいない場所でどんどん話が進んでいく。

ブルーノア王国では長らく王子の花嫁となる相手が見つからなかった。この機を逃すまいと考えているのだろう。

それに加え、国王がしばらく体調を崩していることから、できるだけ早くに王位継承をすべく、戴冠式と共に結婚式を済ませ、足場固めをしたいという思惑もあるようだ。王宮の中にいると嫌でもそういった情報が耳に入ってくる。

マティアスは国王から引き継ぐ政務があるため忙しい。側近を何人も引き連れ、難しい話をしている姿を何度か目にしている。

花嫁であるシアンがすることは特にない。自由に過ごしていいといえば聞こえが良いが、要するに何事にも決定権はないということだ。

猛獣使いの職務については、花嫁を怪我させるわけにはいかないと許可が下りなかった。マティアスは好きなときに触れ合っていいと言ってくれたが、彼だけの意見で進められる段階ではなくなっていた。

　やや窮屈になりつつある王宮内の現状ではあったが、それでもシアンはマティアスさえ側にいてくれたらそれでいいと思っている。投獄されて処刑されそうだった自分が、この身分でいられることは充分贅沢なことなのだ。文句などあるはずがない。

　それなのに、シアンは沈んでいた。

　あんなに幸せいっぱいだったはずなのに、なぜこんなに落ち込んでいるのだろう。こんな気持ちのままでいたくないと思うのに、どうしても気分が優れない。猛獣のコントロールはできたくせに、自分で自分をコントロールできない。こんなのは初めてだった。

　出産の話を聞いて怖気《おじけ》づいてしまったせいなのか。まるで魔法が解けてしまったみたいに何もかも心もとなく、シアンは自分の存在価値が見出《みいだ》せなくなっていた。

　部屋に戻ってぼんやりしていると、ノックの音が聞こえてきて、シアンはびくりと肩を震わせた。また側近の誰かが来たのではないかと身構えたが、違った。

「シアン、たまには鍛錬に付き合わないか」

　そういって顔を見せたのは、レオンスとジュストだった。彼ら二人が揃《そろ》って訪ねてきたことは珍しいけれど、それ以上に、鍛錬という自分には無縁な言葉を耳にしたシアンはきょとんとした顔をする。

「えっと、鍛錬って剣の稽古のことですか？」

「ああ。部屋に閉じこもってばかりいたらつまんねぇだろ」

レオンスがシアンの肩を抱きこむ。相変らず彼は距離感がバグっている。前のめりに倒れそうになった。

「でも、僕、猛獣は扱えても、剣は扱えませんよ」

戸惑いながらそう言うと、

「はは。それを言うなら、猛獣を扱える方がすげぇや」

レオンスは豪胆に笑った。隣にいたジュストが鷹揚に微笑む。

「シアン様、マティアス殿下の許可は得ておりますから。少し、外の風にあたってみませんか？」

ジュストに言われて安心したシアンは同意する。

それから二人と連れ立って、シアンは宮殿の一階、外郭から続く剣技場へと向かうのだった。

剣技場は円形に囲われた球戯場の一角にあった。前世的に説明すると、規模は国営の野球スタジアムや陸上競技場のような感じだ。

もちろん人工芝だとかトラックなどというものはない。歴史的に有名なかのコロッセウムのような外観をしている、吹きさらしの何もない場所だ。

時折、四方から流れてくる風により土埃《つちぼこり》が舞い、目に砂が飛び込んでくる。

ここでは騎士が日々鍛錬を重ねることもあれば、剣技大会なども行われる。ときには国恒例のお祭りの際に観客席が整備され、剣舞が披露される場でもあるという。ゲームをプレイしたときにジュストのルートの際見たことはあった。

しかしシアンが訪れるのは初めてだった。

（実際、こんな感じなんだ……）

剣の稽古といっても真剣で行うわけではない。木の刀を使う。レオンスとジュストが見本を実演してくれた。

「礼！」

「構え」

彼らはそれぞれ構え、間合いをとって、鍔迫《つばぜ》り合いをし、じりじりと距離をとりながら、相手に打ち込む。

剣の腕は、どちらも流石《さすが》だが、ややジュストの方が上のように思えた。王族であるレオンスも鍛錬を重ねているようだが、近衛騎士としての実務経験の部分が大きいのかもしれない。

しかしジュストは身分を弁えているのか、猛攻の末に「参りました」と自分から申し出た。

「俺相手には手加減するなと言っただろ」

不服だったらしいレオンスは拗ねたように言った。

「殿下を傷物にするわけにいきませんからね」

ジュストは騎士の顔をしながらも、かつての兄であった表情を忍ばせていた。

シアンが二人の健闘に拍手を送ると、レオンスとジュストはなぜか揃って顔を見合わせた。

無礼だっただろうかと思ってシアンが拍手を止めると、

「さあ、次はシアン様の番ですよ」

「そうだぞ。観客にしておく気はないからな」

レオンスに釘をさされ、シアンは気後れしてしまう。

「どうぞ。こちらをお使いください。本物の剣ではありませんから、扱い方さえ覚えれば大丈夫ですよ」

ジュストに促され、木刀を手渡された。おそるおそるシアンは手を伸ばす。

「うまくできるかな」

現世では運動はあまりできなかったし、転生したあとだって悪役令息は貴族だから鞄《かばん》より重たいものは持たなかった。ジョブチェンジして猛獣使いになってからだって鞭や指示棒などはただのお飾りだ。

本物の剣ではないが、木刀だってずっしりと重たい。シアンの細腕でこんなものを振り回したら転んでしまいそうだ。

「怪我はさせないようにもちろん手加減はする。シアン、本気でかかってこいよ」

レオンスに挑発され、シアンはよし、と気合を入れ直した。鬱屈した気分を払うのにちょうどいいかもしれない。

「礼」

「構え！」

ほどなくシアンとレオンスの戦いがはじまった。

「シアン様、右です！　そう！　一旦下がって！」

ジュストがうしろから声をかけてくれる。見よう見まねで剣をふるう。切っ先がかすめそうになってひやりとしたり、剣を交えて押し合ったりしながら、いつの間にかシアンは無我夢中で挑んでいた。

最後にはへろへろになって不格好に刀を振り回し、空振りしてしりもちをつくと、シアンはなんだかおかしくなって笑った。

「参りました」

息も絶え絶えに言うと、レオンスが手を差し出してくれ、彼の大きな手に掴まってゆっくりと起き上がる。

「よくやったな、シアン」

「はは。だいぶかっこ悪かったですね」

汗が額から流れていく。心地のいい疲労感に、ふっと息をついた。

ジュストが労いの拍手を送ってくれる。

「少しは気分転換になりましたか？」

「はい。気持ちよかったです」

「それなら、よかったぜ」

レオンスとジュストは顔を見合わせた。さっきも二人はそんなふうにして目で会話をしていた。きっと、彼らは元気のない自分を励まそうとしてくれたのだろう。さっきまで沈んでいたシアンには、さりげない二人のやさしさが胸に染みた。

「お二人とも僕のために付き合ってくださり、ありがとうございました」

「お礼などいいのですよ」

「礼なら兄上に言ってやってくれ」

二人は快くそう言い、爽やかな笑顔を浮べた。

「実は、マティアス殿下が、自分はなかなか構ってやれないから、相手をしてやってほしいと」

と、ジュストが言い添える。

「そういうことだったんですね」

二人が誘ってきた理由にシアンは改めて納得していた。マティアスが気にかけてくれていたことに、また胸が熱くなる。

「あれだよ、あれ。たしか、なんっていったか」

レオンスが顎を撫でた。

「え？」

「マリッジブルーというものがあるそうですからね。辛くなるようなことがあれば、いつでもお相手しますよ」

「マリッジブルー？」

聞いたことのある言葉だ。もちろん知っている。

目から鱗《うろこ》とはこのことだった。

そういうことなのか？　これが俗にいうマリッジブルーという不快な症状なのだろうか。

しばしシアンはぽかんとしていた。

すると、やれやれとレオンスがため息をつき、シアンの脇を肘で突いてきた。

「自覚がなかったのか？　要約すると、あまりに幸せすぎる病ということらしいぞ」

「えっと……」

「愛されてるなぁ。シアン」

「ほんとに。愛されていますねぇ」

レオンスとジュストの二人に和やかな目を向けられ、シアンは顔を赤くするしかなかった。

（僕は、マリッジブルーだったのかな）

我ながら単純だ。笑ってしまう。少し気分が浮上する。

名前がつけられた途端、妙に納得して気持ちが落ち着いた。患っているときというのは得てしてそういうものなのかもしれない。

二人と別れたあと、シアンは猛獣舎へと向かった。

このまま部屋に戻ってしまう前に、動物たちと触れ合おうと考えていた。猛獣使いとして生まれ変わったときの気持ちを今こそ思い出したかったのだ。

その道すがら、不意に、くらくらと眩暈を感じて無意識に額に手をやった。急に身体を動かしたからだろうか。

そのとき、手首の刻印がいつもよりも赤く染まっていることにシアンは気付く。

（どうして？）

いつもならこの刻印が赤く染まる条件があった。それは、レオンスやマティアスに求愛されたときだった。

どくりと鼓動が跳ねる。動悸が激しくなっていく。シアンは落ち着けと自分に言い聞かせて、浅く息をする。

次第に身体が熱くなっていきその場で膝をつく。ストレス性の過呼吸とはまた違った。激しい飢えと渇きを感じるのだ。ただ腹を満たしたいのではない。暴力的なまでの欲望。この淫らな欲求は性欲に似ているものだ。

必死にこらえて、シアンはなんとか立ち上がろうとした。

やっぱり一旦部屋に戻ろう。それから汗を流してさっぱりしよう。そう考えて行先を変えようとしたときだった。

うしろから衝撃を喰らい、その痛みのあまりにシアンはあっけなくその場に崩れ落ちる。一体何が起こったのか確認しようと目だけを動かした。

しかし。ぼやけている。手首の刻印の色だけがぼんやりと浮かんで見える。痛みがじわりとシアンを蝕んでいく。

その場にいくつかの足音が聞こえてきた。シアンの身体は何か布のようなものに包み込まれる。

「すぐに運び出せ」

何者かの声が聞こえたのを最後に、シアンの意識は失われていた。


***

一体、どのくらい気を失っていたのだろうか。

次に目が覚めたときには、薄暗い建物の中で拘束されていた。なぜか目の前に人々が平伏している。

シアンの手足には拘束具が嵌められ、鎖に繋がれていた。どうやら誘拐されてこの場所に監禁されたらしい。

（ここは……どこなんだ？）

シアンは周りを見渡す。今は使われていない旧聖堂か、あるいは後宮のような場所か。どことなく見覚えがあった。前世の記憶なのかまたはデジャブかはわからない。

ただ、城の外にまでは行っていない確信があった。なぜなら、シアンの前に平伏している十数名は皆、城の中で見たことのある者たちばかりだからだ。

彼らは宮殿に仕えている使用人たちだ。中には猛獣舎で一緒に働いたことがある飼育係の姿もあった。

手首の刻印は赤いままだった。気を失ったせいか、さっきの猛烈な渇きはおさまったようだが、どうしてこんなことになっているのか、まるで意味がわからない。

「ああ、なんて素晴らしい」

「我々のために」

「なんて美しい生贄《いけにえ》なんだ」

「ああ、素晴らしい花嫁」

生気のない青白い顔をして目をぎらつかせた者たちが、物騒なことを言いシアンを崇《あが》めていた。よく見ると薄暗い中、彼らの瞳は緋色に染まっていた。

（殿下たちと一緒？　そんな……）

獣憑きの呪いにかけられているのは、王族だけではないということだろうか。そんな話は聞いていない。それに彼らは獣化していない。獣の欲求とはまた違い、宗教的な洗脳に操られているといった感じだ。

（まさか、僕の刻印に反応した……？）

この異様な空気に、背筋にぞわぞわしたものが這い上がってくる。やがて彼らはゾンビのようにふらりと立ち上がり、正気を失った者たちがシアンに近づいてくる。涎《よだれ》を垂らすように舌なめずりをして、今にも喰いつかんとしていた。

――喰い殺される。

「やめ、っ……やめてくれ」

手が四方八方から伸びてくる。このままでは集団に犯される。シアンはぞっと青ざめた。必死に手枷《かせ》と足枷から逃れようと身体を振り乱す。しかしびくともしない。

もうだめだ――シアンが覚悟したそのときだった。

何か爆発でもしたような派手な音がし、土煙が白くもうもうと立ち込めた。そこからどっと人が流れてくる。

「中に進め！　即刻制圧せよ」

入ってきたのは、複数の騎士の姿だった。彼らは臣下らを鎮圧する。その中央に軍服を着たひときわ眩い光を纏う人がいた。マティアスだ。

シアンは必死に声を上げた。

「マティアス様！」

シアンの声が届いたらしい。マティアスが人々をかき分けるようにしてこちらにやってくる。臣下が襲い掛かってこようとする中、間一髪でシアンを抱きしめた。

「大丈夫か？　シアン」

　マティアスは息を切らしながらシアンの様子を窺った。茫然としていたシアンはようやく事の次第を把握し、彼に抱きついた。

「マティアス様……っ」

「怖い思いをさせたな。すぐにここから出よう」

　言うが早いかマティアスは剣を抜き、鎖を破壊する。それからシアンを抱き上げた。

「一体、何が起きているんですか？　気付いたら、ここに……」

「それについて、知っている者が詳しく話をすると言っている。その者から情報をもらい、すぐにここだとわかった」

「知っている者？」

「ああ、おまえがよく知る者だ」

　シアンはわけがわからなかった。自分をよく知る者といえば、この世界で出逢った者たち……マティアス、レオンス、ジュスト、それから臣下たち。

　その他ならば、侯爵家の人間、店主、そしてあの謎の魔術師――。

　頭の中がぐるぐる回った。また吐きそうになった。

「気分が悪そうだ。まずは手当をしよう」

シアンはひとまず医師に診てもらうことになった。幸い大きな怪我などはなく、手枷と足枷によって圧迫された痕だけが微かに残っていた。

落ち着いた頃を見計らい、マティアスがシアンの元へと顔を出した。彼の後にジュストを筆頭とした近衛騎士が複数人控えており、彼らは険しい表情で警戒にあたっていた。先ほど物々しい事件があったことを知らしめる。シアンはさっきの光景を思い出して背筋がぞくりとする。

「話はできそうだろうか」

マティアスは気遣わしげにシアンを見つめた。

「はい。大丈夫です」

「では、私と共に参ろうか」

マティアスに従ってついていくと、応接間……ではなく、その隣にある書斎へと案内された。

人払いのため騎士や衛兵は少し離れた場所で待機となる。

よく知る者とは誰なのだろうか。そう思いながらシアンは歩みを進める。そしてその人物を目にした途端、シアンはあっと声を上げた。

部屋の中で待っていたのは、確かにシアンが知っている人物、あの謎の魔術師だった。

黒いローブを纏いフードをすっぽりと被っていた彼は重たい辞典を手にしていたが、シアンを見ると、書棚に戻し、微笑を浮かべた。

「やあ、久しいね。君が無事で何よりだ」

「なんで……」

シアンは絶句する。

謎の魔術師は今までシアンの前には現れたが、こんなふうに公に顔を出すのは初めてだった。

真意を知りたくて、シアンは思わずマティアスを見上げる。

すると、マティアスはシアンの肩をそっと抱き寄せ、謎の魔術師へと声をかけた。

「さっきの件だが、シアンにも説明してくれるか」

「もちろんだ。私はそのために待っていたのだから」

謎の魔術師は嬉々《きき》として言う。

「……あなたは一体？」

ふらっと現れては消えていた謎の魔術師。

名前は知らない。何者なのかもわからない。

シアンは、ゲームマスターなのか特殊ルートにだけ現れるキャラクターかと思っていた。なぜなら彼は今までシアンと二人きりの時間を共有する存在だったからだ。

それが、今は公に可視化され、マティアスも交え、城の者を巻き込んでいる。ただ事ではないことだけはわかる。

これは、一体どういうことなのか。

「私が何者か、気になっているようだね。どうやら君の思惑が外れたようだ」

謎の魔術師はシアンの心を読んだように言った。こんな事態だというのに愉快そうにしているのが気に入らない。彼はとことんズレている。

聞くのも嫌になるが、シアンは仕方なく尋ねた。

「じゃあ聞きますが、一体、何者なんですか」

「私は、王妃殿下が健在の頃から、王宮に仕えていた者だ」

「亡くなった王妃殿下……」

「そうだね。美しい人だった。もう会えないのは……残念だ」

不意に、シアンはジュストと王妃の話を思い出す。謎の魔術師は王宮に仕える者だった？

マティアスは知っていたのだろうか。

「そう、時に王妃殿下の相談役として、時にこの王宮の傍観者として。時に王子殿下の見守り役として――」

謎の魔術師は胸を張って語り出す。王妃殿下の相談役というところが引っかかった。それに王子の見守り役ということは、彼はやはり獣憑きの呪いに対抗するため、救済のために現れた存在なのか。

しかし。

「もうそれはいい。何かさっきのことで知っていることがあるのならば話をしてくれ」

マティアスがうんざりとしたように話を切る。どうやら謎の魔術師は同じことをマティアスの眼前に登場したときに言ったのだろう。そしてシアンと同じように、謎の魔術師の扱いに困っていたに違いない。

しかし何か知っていることがあるのなら無下にはできない。

「では本題に移ろうか。なぜ、今回の騒動が起きたか。その原因はシアン、おまえにある」

謎の魔術師は名指しし、シアンの前にゆったりと近づいた。

あの場所に監禁される直前、自分の身体に異変があったことをシアンはぼんやりと思い返す。

「なんでもないときに刻印が赤くなって……」

「ふむ。以前におまえの刻印の形が変わったことは伝えたはずだ」

「それが何か関係あるんですか？」

「端的に言えば、おまえの中に眠っていた種が花を咲かせたあとフェロモンが暴走しはじめている。そのせいであのような騒動を引き起こしたのだ。今後も、このままでは危険にさらされるかもしれない」

謎の魔術師がいつになく真剣な顔つきで言うので、シアンは不安になってしまった。

「どうすれば……何か解決策はあるんですか？」

「二つに一つ。花嫁となることを諦めるか。あるいは、フェロモンの主導権を握るか、だね」

あっさりとした回答に、シアンは押し黙った。

謎の魔術師はうっすらと嗤う。まるで先ほどのシアンの心情を読んでいるかのよう。それとも彼はこの状況を楽しんでいるのか。とても王宮の窮状をどうにかしようという雰囲気ではない。本当に王妃の相談役だったのか疑わしくなってくる。

（それとも、僕自身が、試されているのか……？）

「私はシアンを諦めることはしたくない」

　マティアスが即座に間に割って入る。謎の魔術師はシアンから目を離した。

「このように殿下がおっしゃるのでね。であれば、フェロモンの主導権を握るための、助言をしようかと」

「もったいぶらないで言えばいい」

　マティアスは辟易したようにため息をつく。

「何も難しいことではない。フェロモンの効果を散らすには発散することだ」

「発散……」

「覚えのある者はいるだろう。貴殿の弟君のことだよ」

　謎の魔術師はマティアスにそう言った。

　シアンはぼんやりと、以前マティアスに話を聞いたことを思い出した。レオンスは遊び歩いて発散しているのだと。それでコントロールをしていると言っていた。そういうことなのだろうか。

「とにかく、しっかりと愛し合うことだ。互いの気持ちが互いに向いているようでいて、そうではないようだ」

　謎の魔術師が窺うような視線を送ってくる。

マティアスとシアンは思わず顔を見合わせた。心あたりのあるシアンは後ろめたく思ってしまう。もしかしたらマリッジブルーだったかもしれないなんて言えるはずもない。

そわそわと落ち着かないシアンの様子に気付いたのか、謎の魔術師は観察するようにこちらを凝視した。シアンは思わず身構える。

「シアン、おまえの中にある花は開いた。それは受け入れる器になったことを意味する。殿下の獣憑きの呪いの発作は、おまえが器となったおかげで安定しているようだ。その代わり、器にも限界があるということを伝えておこう。今度はおまえの方が狂いはじめてしまっては本末転倒というもの」

魔術師はそう断言した上で話を続けた。

「今、器には殿下から注がれた激しい欲求が閉じ込められている危うい状況と考えてほしい。その上、おまえの器はどういうことかとても不安定だ。ともすれば、爆発しそうになっている」

「どうすれば……」

「こまめに発散することだ。しばらくそうする他にない。しっかりと愛し合えば、自然と器によるフェロモンは安定するだろう」

「つまり、私の愛が足りていないということだな」

マティアスは自身を戒めるかのように深く頷く。

「そんなことは……ありませんよ」

シアンは思わずそう言った。彼はいつだって真摯に向き合い、やさしくしてくれていた。あんなに大事に抱いてくれたのだ。

「だが、実際に私はもっとおまえを愛したいと思っている。時間が許す限りに、もっと……」

情熱的なマティアスの眼差しを受け、耳まで赤くなったシアンは、謎の魔術師がにやけているのを察知し、そちらを見ることはできなかった。

「あとは、運命に身を委ねることだ。今の私にできることは助言だけだ」

そう言い残し、謎の魔術師はまたどこかへと消えてしまった。

（運命に身を委ねる、か）

「シアン、おまえが言っていた謎の魔術師とは、あの者だったのだな」

マティアスに尋ねられ、シアンは頷く。

「はい。僕が猛獣使いのスキルを得られたのも、あの謎の魔術師のおかげなんです」

「そうか。そうであれば感謝しかないな。少々おかしな挙動が気になるが、かつて母上の相談に乗っていたというのはどうやら本当らしい。魔術を得意とする相談役がいたということを、父上に確認がとれた」

「そうだったんですね」

そうであれば、もう警戒しなくてもいいのだろうか。おかしな挙動というのは全力で同意する。

「ああ。あの者が言うように運命の導きだと思おう。私はおまえに出逢うことができたのだから」

マティアスはそう言い、シアンの頬を指でくすぐる。熱っぽい眼差しにどきりとした。

「すぐにも愛を深めたいのは山々なのだが……」

マティアスは後ろ髪を引かれるような顔をした。シアンにはその意味がわかった。

ただでさえ忙しい中、おかしな騒動が起きたのだ。無防備でいた自分のせいだと思うと責任を感じてしまう。

「僕のせいでごめんなさい。ご迷惑をおかけしました」

「何を言うのだ。私の大事な花嫁なのだから、当たり前だろう」

マティアスはいつもやさしい。シアンを責めるようなことはしない。守ってくれる。

けれど、マティアスが大切にしてくれればくれるほど、それが嬉しいはずなのに、また胸の奥がざわざわしてくる。

本当に僕は、この人を幸せにできる存在になれるのだろうか、と考えてしまうのだ。

◇＊5　結婚編

騒動のあと、マティアスとシアンの結婚式は延期されることが決まった。当面はシアンのフェロモンをコントロールすることを最優先に考えられたのだ。

政務の合間に、マティアスはシアンを抱いた。花が乱れ咲くようにシアンは淫らに欲望を解放した。

発散するしかない、という助言の効果は大きかった。閨事の回数は増えた。フェロモンの効果を散らすため、毎夜シアンはマティアスに抱かれて大切に愛された。

ときには倒錯的な行為にもふけってみたり、一緒に湯殿に入ってみたり。そうして肌を重ねるごとにマティアスのことをますます愛おしく思う。

しかしその一方、シアンの脳裏をよぎるのは、側近からの忠告だった。

生きたまま獣に喰われる恐ろしさ、それを見た者の絶望は――図り知れません。

そんなふうに側近が言っていたことを。

シアンにとっての絶望は自分の身に降りかかる恐怖ではなく、愛しているマティアスが絶望することだ。彼を愛せば愛するほど、今まで辛い思いをしてきた彼が再び絶望に落とされることを想像するのは辛い。

お互いに愛し合ってさえいれば、乗り越えられると、それこそ宗教的に刷り込もうとしていたかもしれない。そのため行為が儀式的になってしまうのは否めない。

そうして幾つかの夜を越えたあたりから、シアンの心境が悪い方へ変化しはじめた。

気にしないようにしたいのに、考えはじめると急に萎えてしまう。愛する気持ちは日に日に強くなる一方なのに、それに比例するように身体が強張り、マティアスを受け入れられなくなってしまう。

そして、とうとう前戯で止まってしまうようになった。

「ごめん、なさい……」

「無理はしなくてよい。落ち着いているならそれでいいのだ」

マティアスはやさしくシアンを慰めてくれる。彼も花嫁探しをする気になれなかった時期があったのだと、前に教えてくれた。

「マティアス様……」

形式を優先してしまうと、抱くのも抱かれるのも、どちらも心が擦り減るものだ。フェロモンの効果をコントロールするためだけの存在に成り下がれば、きっと心が離れてしまうだろう。

夜更けにマティアスが部屋を出て行ってから、シアンはいたたまれなくなりため息をついた。

なんで肝心なときに臆病になってしまうのだろう。

もう何日もこんなことが続いている。プレッシャーに弱い自分が本当に嫌になる。

(これもマリッジブルーっていうやつなのか？)

それは、いつになったら終わるものなのだろう。


翌日の昼過ぎ、シアンは気だるさからすぐに起きられず、ゆっくりとした起床だった。

メイドが用意してくれた着替えを広げ、もそもそと身支度をする。それから食堂で食事を済ませ、猛獣舎へ行こうかと考えていた。

そのとき、何か言い争うような声が聞こえてきた。

王族の住まう宮殿側の方だ。

「どういうことだ、兄上」

レオンスが憤っている。

「今度もダメだった。ただそれだけのことだ」

淡々とマティアスが言う。

「シアンは別格だ。運命の相手だと、そう言っていたのは兄上だぞ」

「だが、シアンの心が私に向いていない」

マティアスが悲しげに言う。彼の表情には絶望の色が広がっていた。

シアンはとっさに柱の陰に隠れた。

「そんなはずが」

「怯えた目で私を見るのだ。そのような者を側に置いてはおけぬ」

「兄上……これからどうするつもりなんだ」

「他の花嫁候補を娶《めと》った方がいいのだろうかと考えている。そうでもしなければ、今さら城の者も納得はしないだろう」

他の花嫁候補を娶る――というマティアスの言葉に、シアンは頭が真っ白になりそうになる。

「シアンはどうするんだ」

「このまま置いておけば、きっと辛い思いをさせるだけだ。王宮を出て行くことがシアンのためになるだろう。もちろん、給金はしっかりと払わせてもらう。今後の生活に不自由はさせない」

出て行ってもらう――という言葉が、シアンの胸に突き刺さる。息ができなくなりそうだった。手や足が小刻みにかたかたと震え出す。どうしよう、どうしよう。何も考えられなくなった。

「待ってくれよ。じゃあ、秘密を外に暴露されたらどうするんだ。それじゃあ困るわけだろ」

「シアンはそのようなことはしない。利口な子だ」

「そんなに信頼してるっていうのに、わかんねぇよ」

レオンスはなんとか考えを改めるようにマティアスに食い下がっていた。

シアンは柱の陰に隠れたまま、身動きがとれなかった。そのまま立ち去るまで気付かれませんようにと、息を押し殺す。

しかし、とうとう見つかってしまったらしい。

マティアスがハッとしてこちらを見る。それから気まずさを漂わせたあと、観念したように表情を曇らせた。

「シアン、どこから聞いていた」

詰問するような声色ではなく、労るようなやさしさが伝わってくるから、ますます悲しくなってしまう。

「ごめんなさい。僕は、僕自身が気付かないうちに、あなたを深く傷つけてしまっていたんですね」

声が震えてしまう。そこから何を言ったらいいかわからない。謝罪以外に何も言葉が見つからない。

彼を傷つけてしまった自分が、縋《すが》るようなことなど言えるはずがなかった。

「今は時間がない。すまないが、詳しい話はまた改めよう」

マティアスはそう言い残し、マントを翻すように背を向けてしまう。

いつもならば近づいて慰める言葉をかけて、髪や頬に触れてくれていたのに。彼はもう完全に自分を見限ったのかもしれない。

茫然と立ちすくむシアンの元にレオンスが近づく。そしてシアンの両の肩を掴んで揺さぶった。

「愚かなシアン、しっかりしろ。あれは、本気じゃない」

シアンは首を横に振る。

マティアスは本気だ。それくらいはわかる。

「あー……なら、もういっそ、俺に乗り換えたらどうだ」

シアンは再び首を横に振った。

「即答か。酷いな。兄上ほどではないかもしれないが、俺なりにおまえのことを気に入ったというのは本気だったんだぞ」

「ごめんなさい。レオンス殿下」

「いいさ。しかしまだ話し合いの余地はあるはずだ。簡単に決められることじゃない。よく考えて、後悔しないように兄上と話をすることだな。俺は、兄上とシアンのことを応援しているんだ、これでもな」

レオンスはそう言い、ため息をつく。シアンは彼の想いに胸を打たれていた。

「レオンス殿下」

「ん？」

「僕のために尽くしてくれて、励ましてくださって、ありがとうございます」

「いいよ。一度は惚れた相手だ。おまえの辛い顔だけは見たくないのさ」

レオンスが寂しげな笑顔を浮かべる。彼に再び感謝を告げると、シアンは自室へと戻った。

詳しい話は改めてしよう、とマティアスは言った。それはいつなのだろう。いつもシアンが不在の間に話が進んでしまっている。彼はシアンのことを尊重してくれていた。命令することこそしないが、しかし彼の権力に逆らうことはできない。

無力だ、とシアンは落ち込む。

そもそも猛獣使いでなければこの王宮に呼ばれることもなかった。まして花嫁に選ばれたからこそ大切にしてもらえたわけで、用済みになったらもうここにはいられない。

いくらシアンがここにいたいと願っても、マティアスから遠ざけられたらどうすることもできない。

シアンはいてもたってもいられなくなり、部屋の中を無意味に歩いていた。

さっきの話が聞こえたとき、シアンは一瞬、この間の選択肢を間違えたのかと思った。実際に間違えたのだろう。それは、物理的に浮かんでいた選択肢のことではなく、自分自身の選択の話だ。

シアンの中でくすぶっていた感情が波が引くように冷静さを取り戻していく。

ああ、愚かなシアン。本当に愚かだ。なんて馬鹿なことを考えていたのだろう。怖がるあまりに、自信がないあまりに、大事なことが見えなくなっていた。

なんでいつも選択を誤ってしまうのだろう。誤ったら誤ったなりに、自分からもっと這い上がろうとしなかったのだろう。

転生前だってそうだった。逃げるだけ逃げて見ないふりをしようとした。

猛獣使いになったあと、勇気を出して城に飛び込んだはずなのに。ちょっと揺らいだくらいで意気消沈して情けない。

マティアスはすべてを打ち明け、その上でシアンを大事にしてくれ、いつだって気にかけてくれていたのだ。どうして彼を信じられなかったのだろう。

勝手に自分だけが辛いような気分に浸っていた。マティアスはずっと苦しんできたのに。きっと彼はシアンの胸の内にあるものをいつか打ち明けてくれると待ってくれていたに違いない。

（本当にバカだ）

ようやく目が覚めたなんて。

幸せすぎるのが怖いなんて、あまりにも自分勝手で浅はかな考えだった。

時は動いている。想いも形も関係も、ずっとそのままでいられるわけがないのに。

前世で何を学んだ？　転生してから生まれ変わったんじゃないのか？　どうして肝心なときにうしろ向きになるんだ。そんな愚鈍な考えだから、破滅したんだろう。シアンは自分を叱咤《しった》し、そして鼓舞する。

もうとっくに手遅れかもしれない。選択肢を間違えてしまったなら、もうだめなのかもしれない。

けれど、今度はもう逃げないで自分から行動を示したい。

たとえ後戻りできないゲームのルートだったとしても、踏み出さないといけないのは、今この時だ。

シアンは部屋を飛び出していた。


マティアスは執務室にいた。訪ねると返事はあったが、多忙を理由に追い返されてしまった。時間を改めて何度訪れても同じだった。

そんな繰り返しをしているうちに陽は傾いていってしまう。焦りばかりが心を疲弊させた。もうだめなのかもしれないという考えが浮かぶ。

それでも、シアンはどうしても諦めることができなかった。ここで背を向けて逃げたら、前世のどうしようもない自分と一緒だ。

夕刻時に改めて訪ねていくと、見かねた側近が部屋に通してくれたのだが、そうされてからも、マティアスは手元の書面から目を離さずこちらを見てくれなかった。

「マティアス様、お話があります。聞いてもらえませんか」

「火急の用件だろうか？」

今度も追い返すつもりなのかもしれない。けれど、もうこれ以上、引き下がれない。

「先ほどの件で、どうしてもマティアス様にお伝えしたいことがあるんです」

「……すまない。まだ政務が終わらないのだ。悪いが、その件については日を改めよう。しばらく待っていてはくれないだろうか」

忙しいのは本当かもしれない。邪魔になるのなら素直に退出していた。

けれど、マティアスの空気から感じるのは明らかに拒絶だ。彼はあえてシアンの顔を見ないようにしている。

あれほど心を開いてくれた彼が、こんなふうに心を閉ざしてしまおうとしている。その事実に、シアンは自分の不甲斐なさを感じて悲しくなってくる。

シアンはその場に立ち尽くしたまま、はがゆい気持ちでマティアスを見つめていた。

側近が申し訳なさそうにそっと声をかけてくる。

「シアン様、他にご用事があるのでしたら後ほどお声がけいたします。ここは一旦、お下がりいただけないでしょうか」

シアンは側近が制止するのを振り切り、マティアスの目の前に立った。

「嫌です」

その言葉に驚いたらしく、マティアスがやっと顔を上げる。彼の琥珀かかったエメラルド色の瞳が揺れていた。

「シアン……おまえがわがままを言うのは珍しいな」

下がってくれ、と側近に命じると、マティアスはシアンを近くに呼びつける。

「どうしたのだ。意見くらいは聞いておこう」

事務的にマティアスは言う。彼の信頼を失ってしまったことを意味しているようだった。距離を置こうとしているのだ。そう感じたら、どうしようもなく苦しくなった。

彼が離れること以上に辛いことなんてなかったはずなのに。自分がどれほど甘えていたのか気付かされる。

「僕を、正式にあなたの花嫁にしてください」

泣きそうになりながら、それでも泣くまいと、シアンはただまっすぐにマティアスに想いを告げる。

マティアスは戸惑ったように瞳を揺らし、窺うようにこちらを見た。

「だが、おまえは怖くなってしまったのではないか？」

「おっしゃるとおりです。僕は……本当は臆病な人間です。あなたに愛されるだけ愛されて……それなのに勝手に不安になって、あなたを傷つけてしまいました。嫌われても当然です。ごめんなさい」

我慢していた涙が頬に滑り落ちていく。

はっとしたような顔をして、マティアスが立ち上がった。

「シアン、どうやら誤解しているようだ」

マティアスは椅子から立ち上がると、シアンの目の前に近づいた。

「私は、おまえが嫌いになったのではない。おまえを傷つけたくない。心の負担を取り除いてやりたい。そう思ったのだ。だから、ここから解放することが、おまえのためになると考えた。それは違ったのだろうか」

シアンは頷く。

「あなたの側にいられない未来なんて考えられない。もしも怖いことが起きても、僕はあなたになら傷つけられてもいい。ただ、最後のそのときまで側にいたいんです。あなたと一緒にいられる時間を大事にしたい」

それが、シアンの出した答えだ。もうそれ以上に迷うことはなかった。

「後悔はしないか？　私はおまえを解放したからといって、辛い境地に追いやるようなことはしない。生活していけるように邸を与えるつもりでいた。猛獣使いとして働きたいというのなら、口利きすることだってできる。おまえの幸せはおまえのものなのだから」

「僕の幸せが僕のものだというなら、マティアス様だってそうじゃないですか。マティアス様と一緒にいることが僕の最大の幸せなんです。そう思うのは、わがままでしょうか」

マティアスは瞳を揺らしたあと、目を瞑ってため息をつく。それから小さく呟《つぶや》いた。

「……ああ、わがままだ」

「マティア――」

「とんでもなく、愛しいわがままだ」

シアンは言葉を最後まで聞くより先に、マティアスの胸に飛び込んでいた。彼の腕が背に回ってきつく抱きしめられる。

「私の本音は、全部おまえが代弁してくれた」

そう言い、マティアスはシアンの肩をそっと離した。

「ごめんなさい。あなたを迷わせてしまった。僕が頼りないばかりに……」

「私はおまえが可愛い。だからこそ、無理はさせたくなかった。だが、もう遠慮はしないと決めた。それでも構わないな？」

シアンは頷く。

自分の身がどうなろうとも、マティアスを愛したい。彼に愛されたい。そして、二人で乗り越えていきたい。

「共に歩んでいこう。これまで以上に、近い場所で……二人で乗り越えていこう。怖いことは起きない。大丈夫だ。そう信じて共に生きていこう」

マティアスはそう言い、シアンの頬を包み込む。

「はい」

シアンが返事をすると、マティアスの顔が近づいて、初めて触れ合ったときのようなやさしいキスをしてくれた。

大丈夫。破滅の時は訪れない。

二人の未来は今ここから動き出すのだから。そう信じている。

＊＊＊

執務室からマティアスの私室へ移動したあと、マティアスはシアンをやさしく抱きしめてきた。

「先ほどのおまえは、幻ではないようだな」

「僕は、本物ですよ」

「無理はしていないか？」

「マティアス様はやさしい人ですね。もう遠慮しないと言ったじゃないですか」

「ああ。遠慮はしない。だが、おまえを大事にもしたい。私も大概わがままな人間だ」

マティアスは前置きしたあと、熱っぽい眼差しをシアンに向ける。

「そして、獣のように獰猛な欲望も持ち合わせている。おまえをめちゃくちゃに愛してしまいたい、と」

「……してほしいです。めちゃくちゃにして」

シアンが懇願すると、マティアスは飢えた獣のように唇を奪い、ベッドに押し倒してきた。

「んっ……」

強く唇を押しつけながら、マティアスが舌をねじ込んでくる。喘ぐシアンの口腔へと侵入し、執拗に舌を搦ませ、唇が濡れるくらい吸い付く。

「ん、は、んっ……」

マティアスの身体の重みを感じながら、シアンは夢中でキスに応じた。舌が搦められるたびに腰の奥にじんとした熱がこみ上げてくる。

こんなに性急なマティアスは初めてかもしれない。彼が欲しがってくれるたびに嬉しくて、シアンもよりいっそう欲情してしまう。

お互いの衣類を脱がせながら、呼吸が乱れる。早く素肌に触れ合いたくて、どうしようもなく興奮していた。

逞しいマティアスの二の腕に囲われ、ドキドキしながら彼を見上げた。切なそうに見つめる瞳が滲んでいる。今すぐにでも奪いたいのに、それと同じくらい見つめていたいというような眼差しだった。

「シアン、愛している」

心を込めるようにマティアスが囁く。そしてシアンの手の甲に唇を寄せ、それから手首の刻印に吸い付く。

「何があっても、私はおまえを愛している」

「マティアス様……」

「おまえのすべてを、私に預けてほしい」

シアンは頷く。それから心を込めて伝えた。

「愛しています。マティアス様……僕のすべてを捧げたいです」

マティアスがシアンの首筋に唇を滑らせ、肩から鎖骨へ、そして胸へとキスをする。

「ん、……」

ちゅうっと甘く噛んで、挑発的な眼差しを向けてきたマティアスに、シアンはどうしようもなく欲情していた。

今すぐにでも辛い記憶を消して、抱き合いたかった。身体だけではなく心もすべて何も纏わずにいたいとシアンは思った。

マティアスのすべてがほしい。そして受け入れたい。激しく渇望しているのだ。

「おまえのわがままはいくらだって聞く。どうしてほしいのだ」

「もっと、舐めて……いっぱいしてください」

甘えるようにねだるように、シアンは呼吸を乱しながらマティアスの愛撫に溺れる。

マティアスは可愛がるように胸をたっぷり愛したあと、脇腹を舐めながら、すでに天を仰いでいるシアンの屹立を握った。

「ん、あんっ……」

「どうしてほしい？　私はここを舐めたいと思っているのだが」

いじわるな動きで手を動かし、舌先で先端を突く。

「あ、っあっ……」

シアンはびくびくと腰を揺らしてしまう。

「舐めてほしい、です」

羞恥がないわけではない。けれど、それ以上に愛されたい欲求の方が強かった。シアンの中の熱量を表すように刻印が赤く染まっていく。

マティアスは濡れた先端にじゅるじゅると吸い付き、猛々《たけだけ》しく喉を鳴らす。その姿は本物の獣のよう。けれど怖くはない。彼にならばすべてを捧げても構わない。

マティアスはシアンの熱棒を可愛がるように愛した。喉の奥に届くくらいに深く咥えては頭を動かし、同時にさするその手つきは甘すぎるくらいやさしい。

激しさとやさしさを交互に感じると、片方がもどかしいくらいに感じて、よりいっそうシアンの欲求を引き出そうとする。

もっともっと激しくしてほしい。そんな欲望のままにシアンは無意識に腰を振ってしまう。そんなシアンの腰を深く抱え込み、マティアスは手の動きを速めた。そして濡れた唇で絞り出した。

「あ、ぅ、あん、ああっ……！」

がくがくと腰が震え、シアンはマティアスの口に包まれたまま絶頂へと誘われる。びゅるっと激しく吐精してしまったあとも、シアンは絶頂感から逃れられなかった。

「ん、はぁ……はぁ、……っ」

マティアスが丁寧に舐めてくれ、屹立は濡れてびくびくと脈を打っていた。

マティアスが近づいてきて唇を吸う。青い果実のような香りがむんとして、彼が舐めて飲んでくれたのだと思うと、むしょうに気持ちが高まってしまう。口腔で混ざり合う体液を味わったあと、マティアスが耳の側で囁いてきた。

「おまえが欲しい。シアン……」

囁く低い声にぞくぞくする。この人に奪われたいという欲求がこみ上げてくる。

「マティアス様、僕の中に……きて」

そう伝えた途端、ひくりと蜜口が痙攣した。

マティアスはシアンの足を開かせ、膝を押し広げるようにしたあと、愛液で濡らした後孔へと自身の昂りをあてがった。

その感触にシアンはすうっと息を呑む。無遠慮にずりっとマティアスの先端が肉襞《ひだ》を拓《ひら》き、それからぐいぐいと押し入ってくる。

「あっあぁ……っ」

異物感が埋め込まれる感触は未だに慣れない。けれどもう痛みという痛みはない。何度も触れ合いながら、彼の形を覚えたのだ。その証拠に、彼じゃなければだめだと内側が激しく求めるようにうねっている。

「は、シアン……っ」

感じ入ったようにマティアスが熱い吐息をこぼす。そして腰にぐっと力を込めて、さらに深く彼が入ってくる。シアンの意識はすべてマティアスで染まっていく。身も心もすべてマティアスに占領されていく。その気持ちよさと心地よさに、シアンは思わず声を上げた。

「あ、あん、マティアス、様っ……」

初めて交わったとき以来だった。否、あのとき以上に、一つになれた感動が、腹の底からこみ上げてきて、泣き出しそうになった。

「動くぞ」

反論はさせまいと、マティアスが腰を前後に動かす。浅く埋められ、深くまで挿入し、それから抜き差しをしながら、最奥をまた突く。何度も何度も擦りあげられるのが気持ちいい。

「あ、あ――っ」

どんどん深くまで掘削しながら、やさしく擦られ、少しずつ腰を揺すぶられ、シアンはたまらなくなり喘ぎながら自身も腰を振る。

ぐちゅ、ぬちゅ、と淫らな水音を立てながら、お互いの粘液を擦りあげている事実が伝わってくる。鼓膜に響く、マティアスの息遣いも、肌に落ちる汗も、背中に擦られるリネンの感触も、何もかもが気持ちよかった。

「苦しくないか？」

シアンは頷く。むしろもっと苦しくたっていい。たくさん罰を与えてくれたって構わない。

「もっと……マティアス様を感じたい」

マティアスの肉棒を咥え込むシアンの中が収斂《しゅうれん》する。マティアスは急な締めつけに一瞬呻いてこらえつつ、さっきよりも大胆に腰を動かしはじめた。激しくなりつつも、痛くないようにしてくれているのがわかる。

けれど、我慢できないといったふうに情欲に駆られるようなマティアスの仕草がよりいっそう愛おしい。

ずんっと深いところにおさめられ、シアンは喉を反らす。中でいっぱいに捏ねまわされ、その甘い責め苦に、シアンは泣きそうになった。求められるたびに愛していると言われているみたいだ。マティアスの熱い想いが伝わってくる。

「あ、あっ……あっ」

臀部を打つような打擲《ちょうちゃく》音が、部屋に響いていた。

閨《ねや》の中に二人の喘ぎが入り混じる。淫らなその行為にふけっていることを知らしめられると、独占欲のようなものが湧き上がった。

もっともっと彼に愛されたい。

マティアスの鍛えられた腹筋が脈を打つように動く。律動を咥えながら腰を揺さぶり、シアンの中をいっぱいに満たしていく。

さっき吐き出したばかりのシアンの欲望はまたむくむくと形を取り戻し、淫らな蜜を滴らせていた。

マティアスはシアンの足を摑み、ずんずんっと腰を打ち付ける。

「はっ……あぁっ……」

「遠慮はもうしない。よいな？」

とっくにそのつもりだったのに、やはりマティアスはやさしいのだ。シアンを労ってくれる。

「ん、……はぁ……マティアス様、もっと激しくしてください」

激しく搔き立てられるままに、マティアスはシアンの最奥を穿つ。

手を握り合いながら、結び合った部分が離れてしまわないように。

「おまえの顔が、見たい……シアン」

「は、……ぁっ……」

蕩けた思考はもう他に何も考えられない。

唇を塞がれて、舌を搦ませながら、マティアスの腕の中に囚われる。

マティアスが半分、獣へと変わっていく。一瞬、躊躇いを見せた彼に、シアンは首を横に振った。

「あなたのままでいい、から」

長い尻尾で背中を撫でられる。ぞくぞくしてたまらなかった。

「こんなのは、おまえが、初めて、だ……」

マティアスの中の獣の部分が、シアンの中で暴れている。でも怖くはなかった。どんな彼にでも抱かれていたかった。

人間であっても人外であっても獣であっても、マティアスのことが好きなのだ。想いをぶつけ合い、やがて絶頂が近づく予感がする。

「愛している。シアン……っ」

「あ、あっん、マティアス様……愛してるっ」

刻印が一つずつ浮かび上がっては、マティアスの中に吸い込まれていく。そして、とうとう新たな種となって器であるシアンの中に強く吐き出されようとしていた。

「……くっ……」

マティアスの背が震え、熱く迸《ほとばし》るものがシアンの体内へと流れ込んでくる。

「あ、ああ、あ――っ」

びくびくんとシアンの全身が痙攣する。まるで落雷にでもあったみたいに意識が弾けた。

「はっ……っ」

「あ、ぅ……あっ」

絶頂の余韻が長く続いて、互いに身体を震わせながらしばらく混沌《こんとん》とし、浅い息を整えようとしていた。

そのさなか、体内に種付けされたのだと、シアンには感じられた。マティアスを深くで受け止めた場所が、まるで心臓を埋め込んだみたいにドクンドクンと鼓動を打っている。

まるで新たな生命の誕生を予期させるかのように。

マティアスがゆっくりと離れていく。それからシアンを腕に抱き寄せ、涙の痕へと唇を寄せた。

鼓動は忙しなく、いつまでも落ち着かない。汗ばんだ肌を寄せ合い、ゆっくりと呼吸を整える。

シアンが呻くと、マティアスは唇を離して、心配そうに覗き込んできた。

「どうした？　痛むか？」

「お腹、ずっと熱いんです。いつもと違うような感じがして……」

マティアスはシアンの腹部へとそっと手を寄せた。

「シアン、おまえ一人に怖い想いはさせない。私がずっと側にいる」

「マティアス様……」

惹かれ合う想いのまま慰めあうように唇を重ねる。

大丈夫。怖くはない。

これは自分自身が選択した、希望の未来だ。

その夜――。

最後に現れた選択肢は、ただ一つだけだった。

『花嫁になる覚悟はある』

◇＊エピローグ

大聖堂の鐘が厳かに鳴り響く。

まもなく結婚式が執り行われる時間だ。

先ほど、マティアスは正式に王位継承者として戴冠の儀を済ませ、ブルーノア王国の新国王となった。

純白の軍服に身を包んだ彼は、王笏《おうしゃく》、宝珠、ローブ、最後に王冠を授けられ、堂々たる姿で皆の前に立った。

粛々と執り行われた戴冠式のあと、いよいよ結婚式へと場は移ろっていく。

シアンは緊張しながら、国王陛下の花嫁にふさわしい上質な純白の衣装に身を包んでいた。

形式的には『花嫁』だが、同性婚のためドレス姿ではない。

しかし王宮御用達《ごようたし》の腕利きの仕立屋に発注した衣装は豪奢でありながらも清廉な印象で美しく、長いヴェールに包まれた彼は、本当の花嫁のように綺麗なシルエットを見せていた。

新国王マティアスの花嫁へと向ける眼差しは深い愛情に満ちている。誰も異を唱える者などはいなかった。

祭壇の前に美しい衣に身を包んだ二人が並ぶ。まるで楽園に舞う妖精のようだ、と周りからは感嘆のため息がこぼれた。

最愛の人、マティアスに熱烈に見つめられ、シアンは頬を染めながら微笑む。

お互いの視線だけで、愛していると伝え合う。そしてまた周りにもその想いが伝わるようだった。

淡いヴェールは開かれた。

今、まさに新しい運命がはじまる。

シアンは誓いの口づけに目を瞑った。マティアスからの口づけに胸を熱くする。そして二人は互いの指に永遠の愛の証を嵌めた。

「愛している。シアン」

「愛しています。マティアス陛下」

もう悩んだり迷ったりしない。

この世界で、国王陛下の花嫁として生きていく。そう決めたのだから。

マティアスはシアンを抱き上げ、そして絶え間ないキスを注いだ。

そして、祝福の鐘が鳴る。空に花が舞う。

二人は微笑みを交わし、未来への誓いを伝え合う。

ブルーノア王国に新しい歴史が刻まれた瞬間だった。


「――シアン、しっかりするんだ。私がついている」

「……マティアス」

シアンが産気づいたのは挙式のすぐあとのことだった。より神聖な場所に運ばれたシアンは、謎の魔術師の結界の中、身に宿した命をこの世に産み出そうとしていた。

割れるような痛みをこらえ、汗が流れていく中、マティアスに励まされながら、彼の手を握りしめていた。

「まもなくだ。花は綻び、運命は開かれた。そして新たな巡りあいのはじまりである」

詠唱する謎の魔術師の導きにより、光のヴェールに包まれた天使が、マティアスとシアンの腕の中へとおさめられた。

意識が朦朧《もうろう》とする中、シアンは生まれた我が子を目にしようとした。

人間の赤んぼうとして生まれたその男の子は、柔らかな光の中で、ふわふわと羽根のような白い毛

皮をあらわにする。

ああ、獣憑きの呪いがやはり継承されたのだと、落胆する声はなかった。

なぜなら、我が子の誕生を愛おしそうに喜ぶマティアスとシアンの表情が幸せに満ち、輝いていたからだ。

「奇跡みたいだ……」

シアンの瞳から涙が溢れていた。

こんなに尊いと思う感情は他にない。

「おまえにそっくりだ。シアン……よく頑張った」

「マティアス様にも似てますよ」

「そうだろうか？」

「きっと逞しくなりますね」

「ああ。大事に育てていこう」

マティアスとシアンは我が子に頬を寄せ合う。

「――おめでとう」

謎の魔術師は晴々とした表情でそう言い残すと、ゆっくりと光の中に消えていく。

シアンはそのうしろ姿に気づき、「ありがとう」と声にした。

結局、彼は誰だったのか、それはわからないまま……。

ゲームマスターだったのか、過去あるいは未来から来た誰かだったのか。別のルートを攻略していた、『自分自身』だったのか。それとも、王妃に頼まれ、見守ってくれていた我が子を想う〝母親の愛情〟の化身だったのだろうか。

いずれにしても、彼はもう二度と目の前に現れない気がした。

なぜならきっとこれが、特殊ルートのハッピーエンドだと思うからだ。

シアンはとうとう転生人生の中で溺愛花嫁として最高のエンディングを迎えることができたのだ。

しかし。

『めでたし、めでたし』……というわけではない。

これはあくまで一つの運命により導かれた、特殊ルートの結末でしかない。

この世界に生きるシアンの人生にはまだ終わりはない。

ここから先、選んだ未来の先に、また新たな物語がはじまっていくに違いない。

（僕は、もう後悔するような人生を歩まない）

たとえ万が一この世界がリセットされたとしても、運命を諦めたりしない。

何度転生したって、破滅しない未来を掴みとってみせる。

シアンは心に誓いながら愛しい人と共に新しい光をそっと抱きしめたのだった。

あとがき

こんにちは。森崎結月《もりさきゆづき》です。

この度は数ある書籍の中から『悪役令息《あくやくれいそく》は白豹王子《しろひょうおうじ》の愛《あい》され花嫁《はなよめ》　BLゲーム世界《せかい》に転生《てんせい》したら強制《きょうせい》ジョブチェンジで獣使《けものつか》いになりました』を選んでいただき、誠にありがとうございます！

このめちゃくちゃ長いタイトルは果たして表紙に入りきるのだろうか？　という素朴な疑問を抱きつつ、あとがきを書いております。シンプルなタイトルも好きなのですが、こうしたわかりやすいタイトルだからこそ想像しやすいというのもひとつの醍醐味かな？と思っております。

今回の作品は一言でいうなら転生モノです。著書のリンクスロマンスから発行された過去三作では主人公は割と大人しめというか自己をそこまで前面に出さない控えめなキャラが多かった気がするのですが、今回の主人公は割と能動的なキャラというか、面白い性格をしているというか。一風変わった憎めない子かもしれません。

転生してから己の人生に学びを得、そして生まれ変わった第二の人生を謳歌してやるぞという前向きな明るい要素を散りばめつつ、読み進めるうちに、一緒に冒険しているよう

あとがき

な気分になれるファンタジーに振り切ってみました。

ぜひ、主人公と共に不思議な世界とモフモフに癒されながら、猛獣使い兼愛され花嫁を堪能していただけたら何よりでございます。

カバーイラストは、北沢《きたざわ》きょう先生に担当していただきました！　北沢先生には、リンクスロマンスの著書二作目『溺愛社長《できあいしゃちょう》の専属花嫁《せんぞくはなよめ》』の方でも担当していただきました。当時も素敵なイラストをいただき歓喜していたのですが、今回もとても素敵なイラストを拝見し、ものすごく元気をもらえました！　北沢先生、今回もお忙しい中素晴らしいイラストをありがとうございました！

それから、本作を発行するにあたって尽力してくださった編集部をはじめ、出版関係者様、書店様、皆々様、大変お世話になりました。ありがとうございました。どうか今後とも何卒よろしくお願いいたします。

最後に、読者の皆様へ。本を読んでいる間は辛いことは忘れて、楽しい時間を過ごしていただけたらいいなと願っております。これからも作者として切磋琢磨してまいります。またお目にかかれたら幸いです。この度は誠にありがとうございました！

森崎結月

溺愛社長の専属花嫁《できあいしゃちょうのせんぞくはなよめ》

森崎結月
イラスト：北沢きょう

本体価格 870 円+税

公私共にパートナーだった相手に裏切られ、住む家すら失ったデザイナーの千映は、友人の助けで「ＶＩＰ専用コンシェルジュ」というホストのような仕事を手伝うことになった。初めての客は、外資系ホテル社長だという日英ハーフの柊木怜央。華やかな容姿ながら穏やかな怜央は、緊張と戸惑いでうまく対応できずにいた千映を受け入れ、なぐさめてくれた。怜央の真摯で優しい態度に思わず心惹かれそうになる千映。さらに、千映の境遇を知った怜央に「うちに来ないか」と誘われ、彼の家で共に暮らすことになる。怜央に甘く独占されながら、千映は心の傷を癒していくが──。

リンクスロマンス大好評発売中

愛しい指先《いとしいゆびさき》

森崎結月
イラスト：陵クミコ

本体価格 870 円+税

由緒ある名家の跡取りである一ノ瀬理人は、同性しか愛せないことを父に認められず、勘当同然で家を出た。その後好きなことを仕事にし、ネイルアーティストとして自分の店を持つまでになった理人は、27 歳になったある日、高校時代の同級生・長谷川哉也と再会する。哉也は、当時理人が淡い恋心を抱きながら、それを実らせることなく苦い別れ方をした相手だった。当時と変わらず溌剌とした魅力に溢れた哉也に、理人は再び胸をときめかせる。つらい恋の記憶から、もう人を好きにならないと決めていた理人だが、優しく自分を甘やかす哉也に、再び惹かれていくのを止められず……。

優しい獣と運命の花嫁

やさしいけものとうんめいのはなよめ

森崎結月

イラスト：篁ふみ

本体価格 870 円+税

人のオーラが色として見える特異体質を持った大学生・紫苑は、その能力故に周囲とうまく馴染めず、孤独な日々を送っていた。そんなある日、紫苑は突然、女神降臨のための『生贄』として時空を越えた異世界・リシュタルク帝国に召喚されてしまう。死を覚悟し怯える紫苑を、間一髪のところで救ってくれたのは、覇王のオーラを纏った若く美しい皇帝・ジャラルドだった。帰る術も身寄りもなく、命すら狙われている紫苑に対しジェラルドは、『皇帝の花嫁』となれば側に置いて守ってやるという極秘の取引を持ちかけてきて……？

リンクスロマンス大好評発売中

祝命のエトランゼ

しゅくめいのえとらんぜ

宮本れん

イラスト：円之屋穂積

本体価格 870 円+税

かつて龍人の王が侵略によって築いた国・ゲルヘム。独裁国家で恐怖政治をしくゲルヘムでは、王の横暴に耐えかね国民が逃げ出しつつある日々だった。

そんな中、ゲルヘム王の気紛れで夜伽の相手として買い上げられた奴隷・ユリアス。小さい頃の記憶を持たず、「エトランゼ（異邦人）」と虐げられながらも、健気に生きていたユリアスは、ある日、王の御前に出る前の準備と指導を施す相手として、神官であるカルディエムと出会う。優しく親身になってくれるカルディエムに、ダメだとわかっていても心惹かれていくユリアスだったが ──？

LYNX ROMANCE

イラストレーター募集

リンクスロマンスでは、イラストレーターを随時募集いたします。

リンクスロマンスから任意の作品を選び、作品に合わせた
模写ではないオリジナルのイラスト(下記各1点以上)を描いてご応募ください。
モノクロイラストは、新書の挿絵箇所以外でも構いませんので、
好きなシーンを選んで描いてください。

1 表紙用 カラーイラスト

2 モノクロイラスト (人物全身・背景の入ったもの)

3 モノクロイラスト (人物アップ)

4 モノクロイラスト (キス・Hシーン)

募集要項

<応募資格>

年齢・性別・プロ・アマ問いません。

<原稿のサイズおよび形式>

◆Ａ４またはＢ４サイズの市販の原稿用紙を使用してください。
◆データ原稿の場合は、Photoshop（Ver.5.0 以降）形式でＣＤ－Ｒに保存し、出力見本をつけてご応募ください。

<応募上の注意>

◆応募イラストの元としたリンクスロマンスのタイトル、あなたの住所、氏名、ペンネーム、年齢、電話番号、メールアドレス、投稿歴、受賞歴を記載した紙を添付してください（書式自由）。
◆作品返却を希望する場合は、応募封筒の表に「返却希望」と明記し、返却希望先の住所・氏名を記入して返送分の切手を貼った返信用封筒を同封してください。

<採用のお知らせ>

◆採用の場合のみ、６カ月以内に編集部よりご連絡いたします。
◆選考に関するお電話やメールでのお問い合わせはご遠慮ください。

宛先

〒151-0051 東京都渋谷区千駄ヶ谷４−９−７
株式会社　幻冬舎コミックス
「リンクスロマンス　イラストレーター募集」係

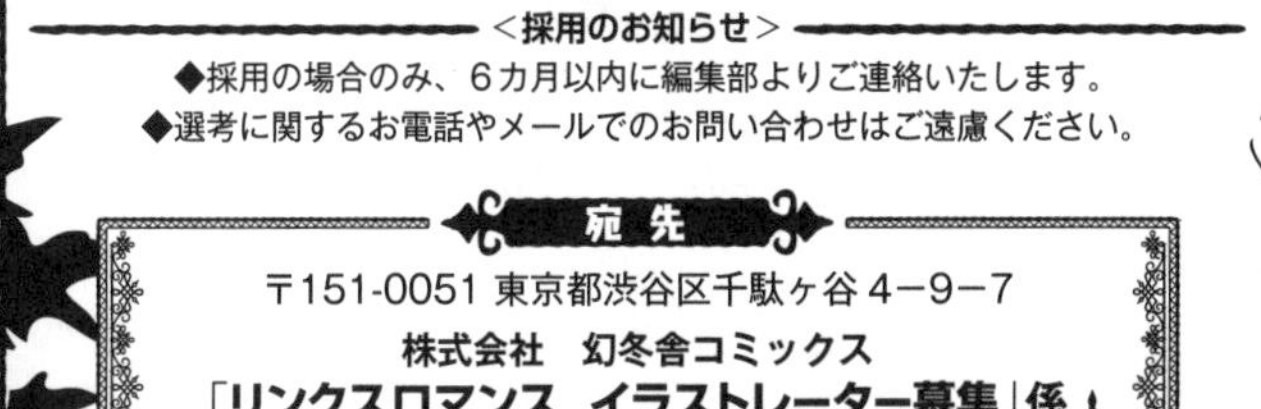

この本を読んでの
ご意見・ご感想を
お寄せ下さい。

〒151-0051
東京都渋谷区千駄ヶ谷4-9-7
(株)幻冬舎コミックス　リンクス編集部
「森《もり》崎《さき》結《ゆ》月《づき》先生」係／「北《きた》沢《ざわ》きょう先生」係

リンクス ロマンス

悪役令息は白豹王子の愛され花嫁
BLゲーム世界に転生したら強制ジョブチェンジで獣使いになりました

2022年9月30日　第1刷発行

著者……………森《もり》崎《さき》結《ゆ》月《づき》
発行人…………石原正康
発行元…………株式会社　幻冬舎コミックス
〒151-0051　東京都渋谷区千駄ヶ谷4-9-7
TEL 03-5411-6431（編集）
発売元…………株式会社　幻冬舎
〒151-0051　東京都渋谷区千駄ヶ谷4-9-7
TEL 03-5411-6222（営業）
振替00120-8-767643
印刷・製本所…株式会社　光邦
検印廃止

ISBN978-4-344-85118-4 C0293
Printed in Japan

幻冬舎コミックスホームページ　https://www.gentosha-comics.net